Die drei ???®

Skateboardfieber

Justus Jonas, Peter Shaw und Bob Andrews haben mit ihren spannenden Abenteuern längst Kultstatus erreicht. Ihre Markenzeichen sind die drei ???®. Sie stehen allerdings nicht für Ahnungslosigkeit, sondern für ungelöste Rätsel, mysteriöse Vorkommnisse und Geheimnisse aller Art. Denn die Detektive aus Rocky Beach übernehmen jeden Fall, auch wenn er noch so knifflig ist.

Die drei ???®

Skateboardfieber

Erzählt von Ben Nevis

dtv

Weitere ›Die drei ???®‹-Bände sowie ausführliche Informationen über unsere Autoren und Bücher
www.dtvjunior.de

MIX
Papier aus verantwortungsvollen Quellen
FSC® C019821

Ungekürzte Ausgabe
2015 dtv Verlagsgesellschaft mbH & Co. KG, München

Mit freundlicher Genehmigung der Universität Michigan
Based on characters by Robert Arthur
Umschlagkonzept: Balk & Brumshagen
Umschlagbild: Cindy Fröhlich
Gesetzt aus der Bembo 11/14·
Gesamtherstellung: Druckerei C.H.Beck, Nördlingen
Gedruckt auf säurefreiem, chlorfrei gebleichtem Papier
Printed in Germany · ISBN 978-3-423-71643-7

Inhalt

Auf der Flucht

Der Mann blieb stehen, kaum hundert Meter von Peter entfernt. Peter lief langsamer und stoppte ebenfalls. Irgendetwas stimmte nicht. Das spürte er, auch wenn ihm nicht klar war, woher dieses Gefühl kam. Denn eigentlich war es keine ungewöhnliche Begegnung, Sie waren einfach zwei Spaziergänger am Strand. Außer ihnen hatte sich niemand hierhergewagt. Nicht nur wegen des grau verhangenen Himmels und der hereinbrechenden Dunkelheit, auch weil es ein einsam gelegener Strand war, fernab jeder menschlichen Siedlung. Die Küstenstraße verlief hundert Meter höher am Berghang. Dort parkte Peters Auto verlassen in einer kleinen Seitenbucht. Ein Fußweg zwischen den Felsen führte hinunter zum Strand. Vor gut einer halben Stunde war Peter ihn hinabgestiegen, dann war er über den Sand gejoggt, immer am Meer entlang. Hatte seine Wut über die Dummheit, die ihm am Nachmittag passiert war, einfach aus sich rausgelaufen. Jetzt war er auf dem Rückweg und traf auf einen erwachsenen Strandspaziergänger. Im Grunde nichts, was außergewöhnlich wäre. Und dennoch sträubten sich Peter die Nackenhaare. Etwas lief schief. Verdammt schief.

Der Mann starrte Peter an und griff in seine Jacke. Als wenn er eine Pistole ziehen würde, schoss es Peter durch den Kopf. Er versuchte, den Gedanken zu verdrängen. Wahrscheinlich sah er Gespenster und machte sich verrückt. Doch da blickte er in die Mündung der Waffe. Der Mann rief etwas. Selbst im Brausen der Pazifikwellen, die unaufhörlich heranrollten, sich über dem flach auslaufenden Sand brachen und schäumend ausschwappten, vernahm Peter den Befehl: »Halt!«

Die Waffe war direkt auf ihn gerichtet.

»Bleib stehen! Du entkommst mir nicht!«

Ein Überfall? Hier? Doch Peter hatte keine Zeit, darüber nachzudenken. Der Mann setzte sich wieder in Bewegung und brüllte: »Bleib stehen! Oder ich schieße!«

Nichts wie weg! Peter drehte sich um und rannte los. Er hoffte, dass die Distanz für einen gezielten Schuss zu weit war. Noch hatte er eine gute Chance, zu entkommen. Aber der Mann folgte ihm. Peter wusste es, ohne sich umdrehen zu müssen.

»Halt! Du Mistkerl!«

Eigentlich war Peter ein guter Läufer. Allerdings nicht, wenn er eine Stunde Training hinter sich hatte. Seine Beine fühlten sich schwer und zäh an. Er verließ den harten feuchten Untergrund am Meeressaum und hastete durch den Sand. Zwischen den Felsen begann der Pfad, der zu seinem Auto hinaufführte. Er konnte die schmalen, hellen Kurven des Wegs erkennen, die sich in der Dämmerung vor dem Grau der Felsen abhoben. Nur noch hundert Meter. Doch bei jedem Schritt gab der weiche Sand nach, und der Mann, der auf dem härteren Untergrund direkt am Meer lief, holte auf. »Bleib stehen! Ich mach dich fertig!«

Plötzlich peitschte ein Schuss durch die Luft. Peter hörte, wie die Kugel auf dem Felsen aufschlug, und sah es aufstauben. Der meinte es ernst! Panisch blickte er sich um. Der steile Pfad zum Auto war zu gefährlich. Dort würde er eine prima Zielscheibe abgeben.

Angst stieg in ihm hoch. Wären doch Bob und Justus hier und könnten ihm helfen! Aber er musste es allein schaffen.

Ein zweiter Schuss knallte, gefolgt von einem scharfen Pfiff. Peter schlug einen Haken und änderte die Laufrichtung. Ein paar Schritte weiter ragte ein drei Meter langer Felsen über den Strand. Als der dritte Schuss kam, hatte Peter den Felsen umrundet und blieb keuchend hinter ihm stehen. Fieberhaft versuchte er, sich einen Überblick über den Ort zu verschaffen. Auch von hier aus ging es nach oben zur Küstenstraße, allerdings quer durch das Gelände. Noch war er außer Sicht des Verfolgers. Er bückte sich und griff sich eine Handvoll Sand. Dann kletterte er hastig von hinten auf den Felsblock. Hier oben war er noch immer in Sichtdeckung. Langsam schob er sich zur Kante vorwärts. Der Strand lag jetzt unter ihm. Peter konnte den Mann fluchen hören. Er war jetzt ganz nah. Um besser sehen zu können, wagte sich Peter noch ein Stück weiter. Mit vorgestreckter Waffe schritt sein Verfolger langsam auf den Felsen zu. Peter hatte den Mann noch nie gesehen. Er trug dunkle, unauffällige Kleidung: schwarze Jeans und eine graue, sportliche Jacke. Seine schwarzen Haare waren kurz geschnitten. Vorsichtig sah er sich nach allen Seiten um, doch zum Glück blickte er nicht nach oben. Peter fiel auf, dass sein linkes Augenlid etwas nach unten hing. »Komm raus, du Mistkerl! Ich weiß, dass du hier bist!«

Peter wartete, bis der Verfolger dicht herangekommen war. Jetzt war der Mann direkt unter ihm, und Peter gab einen kurzen Zischlaut von sich. Der Mann blickte überrascht nach oben. Im gleichen Moment traf ihn die Ladung Sand im Gesicht.

»проклинал!« Reflexartig riss sich der Verfolger den Arm vor die Augen, doch es war zu spät: Peter hatte ihn voll erwischt! Das würde ihm einige Sekunden Vorsprung geben. Schnell ließ sich Peter auf der anderen Seite des Felsens hinabgleiten und rannte den Hang hinauf. Er entschied sich für einen Zickzackweg zwischen den Felsen hindurch.

Von unten erklangen Rufe. Peter unterschied auf einmal zwei Stimmen, offenbar war ein weiterer Verfolger aufgetaucht. Obwohl seine Beine schmerzten, steigerte der Zweite Detektiv noch einmal das Tempo. Erst nachdem er die Hälfte des Hangs erklommen hatte, drehte er sich um. Die zwei Männer hatten ihn jetzt wieder entdeckt und waren ihm auf den Fersen. Doch bis auf kurze Zwischenstücke, die die Sicht freigaben, konnte Peter die Deckung der Felsen nutzen. Die letzten Meter lief er auf dem Pfad, der zu seinem Auto führte. Hastig fingerte er den Autoschlüssel aus der Jogginghose hervor. Wieder peitschte ein Schuss, der ihn verfehlte. Nur noch wenige Meter, dann war er bei der Parkbucht. Ein zweites Auto hatte hinter ihm geparkt. Ein dunkler Chrysler. Das war wohl der Wagen der Verfolger.

Peter riss die Tür zu seinem MG auf, ließ sich auf den Fahrersitz fallen und wollte den Zündschlüssel ins Schloss stecken. Doch seine Hände zitterten zu sehr. »Mach schon, bitte mach schon!«, feuerte er sich an. Im Rückspiegel sah er, dass einer der Männer die Straße erreicht hatte und mit der Waffe in der Hand auf ihn zurannte. Dann endlich erklang das ersehnte Brummen des Automotors. Peter warf den Gang ein. Mit quietschenden Reifen schoss er auf den Highway. Er hatte es gerade noch geschafft!

Die ersten Meilen raste Peter einfach nur drauflos. Zu dieser Zeit herrschte stadteinwärts wenig Verkehr. Ab und zu kontrollierte Peter im Rückspiegel, ob er verfolgt wurde. Er war sich nicht sicher. Inzwischen war es zu dunkel, um viel mehr zu erkennen als die beiden Scheinwerferlichter, die sich in einiger Entfernung hinter sein Auto geheftet hatten. Kamen sie näher? Es war nicht mehr weit bis Rocky Beach. Doch was sollte er jetzt am besten tun? Sollte er versuchen, zu Justus und Bob zu flüchten? Sie waren in der Zentrale und vertrieben sich die Zeit mit dem Stöbern in alten Archivunterlagen.

Wenn die Verfolger ihn nicht vorher erwischten! Das Auto hinter ihm fuhr immer dichter auf. Als er die ersten Straßenlaternen passierte, sah er, dass es der dunkle Chrysler war. Da kam ihm eine Idee. Im letzten Moment lenkte Peter den Wagen in eine Seitenstraße. Das andere Auto blieb hinter ihm. Peter durchfuhr die Straße so schnell, wie es ging. An ihrem Ende kreuzte sie die Hauptstraße, in der das Polizeipräsidium von Rocky Beach war. Dort arbeitete Inspektor Cotta. Cotta würde ihn retten. Vorausgesetzt, sein Vorsprung reichte, heil in die Wache zu kommen.

Peter gab Gas. Die Querstraße kam in Sicht. Unabsichtlich streifte er eine Mülltonne, die am Straßenrand stand. Sie kam ins Schwanken und schlug krachend auf die Straße. Bremsen quietschten, sein Verfolger wich aus, geriet auf die andere Spur und stieß fast mit einem entgegenkommenden Taxi zusammen. Zum ersten Mal schöpfte Peter Hoffnung. Im Rückspiegel sah er, dass er den Chrysler zwar nicht losgeworden war, doch durch das Manöver hatte sich der Abstand vergrößert. Peter bremste scharf und lenkte den Wagen um die Ecke. Nun war es nicht mehr weit bis zur Polizeiwache. Noch einmal erhöhte er kurz das Tempo, raste die Straße entlang und wollte sein Auto gerade am Straßenrand anhalten, als ihm ein Wagen auffiel, der direkt vor dem Polizeipräsidium parkte. Zwei Männer waren ausgestiegen, einer telefonierte mit einem Handy. Als er Peters MG sah, stieß er den anderen Mann mit dem Ellenbogen in die Seite. Ohne zu zögern, griff der zweite Mann in seine Jacke. Peter überlegte nicht lange. Er trat wieder aufs Gas.

Jagd durch Rocky Beach

In was war er da bloß hineingeraten? Peter wechselte die Fahrspur und glitt in den flotten Verkehrsfluss der Innenstadt. Es hatte ganz danach ausgesehen, als ob ihm die beiden Männer vor der Polizeiwache aufgelauert hätten. Oder war sein Gehirn inzwischen überreizt? Woher hätten die Männer wissen sollen, dass er zu Inspektor Cotta fahren wollte? Ein schneller Blick in den Rückspiegel bestätigte jedoch seine Befürchtungen. Die beiden waren in ihr Auto gesprungen. Ihr Wagen schob sich hinter den Chrysler, der gerade die Polizeiwache passierte. Jetzt spürte Peter den kalten Schweiß, der sich auf seiner Stirn gebildet hatte. Aber er musste sich beherrschen und sich auf den Autoverkehr konzentrieren. Zu dieser Abendzeit war hier mitten in Rocky Beach eine Menge los. Angestellte, die von der Arbeit nach Hause fuhren, trafen auf die ersten Nachtausflügler und Kinogänger. Das konnte ein Vorteil sein! Vielleicht war es im dichteren Autoverkehr der kleinen Stadt leichter, seine Verfolger abzuhängen, als auf dem leeren Highway an der Küste.

Er bog wieder von der Hauptstraße ab und jagte ziellos durch menschenleere Nebengassen. An einer Kreuzung entdeckte er einen Polizeiwagen, aber Peter traute sich nicht, anzuhalten. Bis er den Polizisten seine Lage erklärt hätte, wären die Verfolger da gewesen. Und offenbar kannten sie nur ein Ziel: ihn zu töten!

Peter kontrollierte den Rückspiegel. Jetzt war es wieder nur ein Wagen, der ihn verfolgte. Entweder hatte der andere den Anschluss verloren, oder er versuchte, ihm irgendwo den Weg abzuschneiden. Peter beschloss, seine unlogische Streckenführung fortzusetzen, sich dabei aber allmählich dem Schrottplatz von Titus Jonas zu nähern. Hier saßen seine Freunde in der »Zentrale«, dem alten, unter Schrott versteckten Wohnwagen, und ahnten nichts von seinen Schwierigkeiten. Doch wie sollte er ungesehen zu ihnen gelangen? Während er durch die Straßen fuhr und auf eine Gelegenheit wartete, den Abstand zu seinen Verfolgern zu vergrößern, bildete sich in seinem Kopf puzzleartig ein Plan. Er konnte seine Verfolger auf keinen Fall direkt zu Bob und Justus führen. Womöglich wartete der zweite Wagen bereits vor dem Tor des Gebrauchtwarencenters. Er musste mit allem rechnen. Peter bremste, wich ein paar Fußgängern aus und gab wieder Gas. Der Schlüssel!, fiel ihm ein. Ja, der Schlüssel! Peter hatte den Hausschlüssel von Mrs Winterfield dabei, einer netten älteren Nachbarin, für die er während ihres Urlaubs die Blumen goss. Über ein Zwischengrundstück konnte er von ihrem Haus aus das Gelände des Schrottplatzes erreichen. Peter näherte sich dem Stadtrand von Rocky Beach, bog in eine Querstraße ab und fuhr zurück in die Stadt. Als er endlich eine Ampel erwischte, die nach ihm auf Rot sprang, stand sein Entschluss fest. Im

Rückspiegel sah er, wie seine Verfolger ihren Wagen rücksichtslos in den nun quer zu ihnen fließenden Verkehr auf der Kreuzung drängten. Das Hupen wütender Autofahrer ertönte und der Verkehrsfluss hinter ihm kam kurz zum Stocken. Das musste reichen.

Das Haus von Mrs Winterfield lag nur wenige Straßen entfernt. Peter fuhr mit höchster Konzentration. Er ließ sein eigentliches Ziel, das Gebrauchtwarencenter, links liegen und raste um die Kurve. Wenige Augenblicke später hatte er das Haus von Mrs Winterfield erreicht und erst im letzten Moment legte er eine Vollbremsung hin. Die Sporttasche, die auf dem Beifahrersitz lag, flog in den Fußraum. Peter hangelte nach dem Gepäck und zog seinen Geldbeutel heraus. Seinen Führerschein sollten die Männer auf keinen Fall erwischen, vielleicht wussten sie seinen Namen noch nicht. Es musste irgendeine Verwechslung sein. Anders konnte er sich das alles nicht erklären.

Mit einem Satz sprang Peter aus dem Wagen und sprintete die kurze Strecke zum Tor. Ein Stück weiter oben in der Straße schoss soeben der Chrysler um die Ecke. Welcher Schlüssel passte zum Tor, welcher zur Haustür, er verwechselte sie ständig. Wie immer entschied er sich für den falschen. Der Wagen kam näher. Endlich schwang das Tor auf. Sofort war Peter im Vorgarten und drückte das Tor wieder zu. Das Haus lag vielleicht zehn Meter entfernt. Der Bewegungsmelder hatte das Außenlicht eingeschaltet. Die drei Stufen vor der Tür nahm Peter in einem Satz. Vor dem Zaun quietschten die Bremsen des Chryslers. Autotüren schlugen. Jemand warf sich gegen das Tor, das jedoch nicht nachgab. Solide Schmiedearbeit, dachte er, denn Mrs Winterfield hatte Angst vor Einbrechern. Peter sah noch, wie von außen zwei Hände um die obere Zaunkante griffen, und glitt ins Haus.

Zum Glück kannte er sich hier gut aus. Er warf die Tür hinter sich zu, schaltete das Licht ein und lief den Flur entlang. An einer kleinen Kommode stoppte er, zog die Schublade auf und entnahm ihr ein Knäuel Paketschnur Damit hatte er neulich Mrs Winterfields kaputten Briefkasten behelfsmäßig zusammengebunden. Dann lief er zum Ende des Korridors. Dort befand sich die Toilette, Peter schlüpfte hinein, drückte die Tür zu und legte die Schnur um den Haltegriff des hoch gelegenen Schiebefensters, durch das man auf den sich hinter dem Haus befindenden Teil des Gartens blicken konnte. Er schob das Fenster hoch und warf beide Enden der Schnur nach draußen. Vorsichtig kletterte er aus dem Fenster und ließ sich in den Garten hinab. Jetzt kam es drauf an. Mit jeder Hand nahm er ein Schnurende und zerrte so von außen das Fenster ruckweise wieder nach unten. Als zwischen Fenster und Rahmen nur noch ein winziger Spalt frei war, ließ er eines der Enden los und zog die Schnur ganz zu sich durch. Zufrieden steckte er sie in die Hosentasche. Das war geschafft. Bei flüchtiger Betrachtung mussten seine Verfolger denken, dass er sich noch im Haus befand. Doch er hatte keine Zeit zu verlieren. Die Männer hatten die Hürde über den Zaun bewältigt und machten sich bereits an der Haustür zu schaffen. Er hörte, wie sie fluchten.

Neben dem Toilettenfenster lehnte eine Leiter an der Hauswand, die Mrs Winterfield benutzte, um ihre Palmen von braunen Blättern zu befreien. Peter trug die Leiter an den Zaun, der auf der Rückseite des Grundstücks noch mal um einiges höher war als auf der Vorderseite. Hoffentlich reichte sein Vorsprung. Er kletterte hoch und setzte sich auf den Zaun. Jetzt kam der schwierigste Teil: Peter zog die Leiter Stück für Stück nach oben und wuchtete sie auf die andere Seite. Spuren verwischen, dachte er. Er sah, wie in einem Zimmer von Mrs Winterfields Haus das Licht angeschaltet wurde und kurz darauf im nächsten. Systematisch durchsuchten seine Verfolger das Haus. Es war wirklich höchste Zeit. Er sprang nach unten.

Jetzt musste er nur noch ein weiteres Grundstück durchqueren, dann kam er von hinten an den Schrottplatz heran. Es war dunkel, doch Peter kannte die Gegend in- und auswendig. Er wusste genau, wo der Baum stand, von dem aus er über den Zaun des Schrottplatzes klettern konnte. Das hatte er schon als kleiner Junge gemacht. Wenige Augenblicke später hangelte er sich auf die Ladefläche von Onkel Titus' Pick-up, der friedlich auf seinem Parkplatz stand.

Gerettet.

Jetzt erst hielt Peter inne. Ein leichter Wind ging. Es roch nach Meer. Peters Atem wurde ruhiger, und er hörte die vertrauten Stimmen von Onkel Titus und Tante Mathilda, die aus dem Wohnhaus drangen. »Titus, wie oft soll ich es dir noch sagen: Du schleppst von Tag zu Tag mehr Gerümpel auf unseren schönen Schrottplatz!«, schnappte Peter auf. Das war eines der Lieblingsthemen von Tante Mathilda. Mit leiserer Stimme verteidigte sich Onkel Titus. Ansonsten war alles still. Kein Auto mehr, keine Verfolger. Endlich Ruhe.

Peter atmete durch und lief in die Freiluftwerkstatt. Dort begann ein Geheimgang, der in das Innere der Zentrale der Detektive führte, in einen alten Wohnwagen, der unter einem Berg Schrott von außen nicht zu sehen war. Peter sehnte sich danach, endlich dort zu sein. In Sicherheit, bei seinen Freunden Justus und Bob, und vor allem: verborgen und geschützt! Hierhin würden die Gangster nie im Leben kommen. So dachte er.

Er robbte sich durch die enge Röhre. Mit seinen sechzehn Jahren und sportlich gebaut, wie er war, war sie ihm inzwischen fast zu eng geworden. Kurz darauf drückte er von innen gegen den Verschluss am Ende des Gangs, doch der gab nicht nach.

»Bob!«

Peter wusste, dass der als Sitz getarnte Eingang Bobs Lieblingsplatz war. Er hörte ein scharrendes Geräusch und wenige Sekunden später wurde die Sitzfläche nach oben geklappt. Bobs Gesicht erschien. »Ach, du bist's, alter Jogger! Warst aber lange unterwegs! Hast wohl heimlich noch ein paar Mädchen getroffen?«

»Seid doch bitte leise«, rief Justus dazwischen, »im

Radio läuft gerade eine Diskussion über die neuesten Erkenntnisse der Gehirnforschung!«

»Das interessiert mich wirklich null!«, erwiderte Peter. Erschöpft zog er sich aus dem Geheimgang. »Justus! Bob! Ihr glaubt nicht, was ich gerade erlebt habe!«

Alleingang

Justus hockte auf einem Sessel und drehte das Radio leiser. »Ich hoffe, deine Geschichte ist gut«, sagte er. »Sonst besorgst du mir morgen eine Aufzeichnung der Sendung.«

Peter ging nicht darauf ein. Am ganzen Körper zitternd, ließ er sich in den Liegestuhl plumpsen. Erst jetzt kam der Schock. Er war gejoggt. Dann war er um sein Leben gerannt. Eine wilde Autofahrt war gefolgt. Und schließlich das Hindernisrennen über die Zäune. Er wusste gar nicht, womit er anfangen sollte. »Man hat auf mich geschossen«, sagte er schließlich.

»Wie bitte?«

»Man hat auf mich geschossen, Justus. Unten am Strand.«

Und dann erzählte Peter, was er erlebt hatte.

Zu Beginn mit staunenden Blicken, dann erschrocken und fassungslos und am Ende sogar ein wenig stolz hörten Justus und Bob seiner Geschichte zu. »Das war genial, wie du die Verfolger abgehängt hast«, sagte Justus anerkennend, als Peter fertig war. »Ich hätte es mir nicht besser ausdenken können! Du hast sie glauben lassen, du wärst noch in Mrs Winterfields Haus. Dadurch haben sie wertvolle Zeit verloren!«

»Aber warum waren sie bloß hinter mir her?«

»Es muss sich um eine Verwechslung handeln«, sagte Bob und kniete sich neben seinen Freund. »Wer soll dich denn umbringen wollen? Und warum?«

Verzweifelt schüttelte Peter den Kopf. »Ich weiß es nicht. Ich weiß gar nichts mehr.«

»Wussten sie, wer du bist?«, fragte Justus. »Haben sie dich mit Namen gerufen?«

»Nein, ich glaube nicht.«

»Wenigstens das. Aber jetzt bekommen sie ihn heraus. Sie haben dein Auto.«

»Und dann, Justus?«

»Dann werden sie dich weitersuchen. Wenn du es bist, auf den sie es abgesehen haben. Ich habe doch auch keine Ahnung! Wir müssen zur Polizei.«

»Und der Wagen vor dem Polizeipräsidium?«

Justus nickte nachdenklich. »Du meinst, sie arbeiten mit der Polizei zusammen? Nein. Vermutlich haben sie dir dort nur aufgelauert. Sie haben geahnt, dass du dorthin fahren würdest.« Er zupfte an seiner Unterlippe. »Aber garantieren kann uns das niemand. Am besten, ich spreche mit Inspektor Cotta. Auf ihn ist Verlass. Ihm können wir vertrauen.«

»Willst du ihn anrufen?«

Justus nickte.

»Und wenn das Telefon abgehört wird?«

»Du siehst Gespenster«, sagte Justus und fügte beschwichtigend hinzu: »Ich kann das ja verstehen, nach dem, was du erlebt hast. Ich werde nur mit ihm persönlich sprechen, okay? Er wird uns schon sagen, was los ist.« Er ging zum Telefon und tippte die Nummer ein. Die Durchwahl wusste er auswendig.

Es klingelte ein paarmal, dann hob jemand ab. Eine Frauenstimme sagte kühl: »Polizei Rocky Beach, Johnsson.«

Justus schluckte. »Ah, ich möchte ... ist Inspektor Cotta da?«

»Wer spricht bitte?«

»Ähm, Justus Jonas hier. Ich möchte den Inspektor sprechen.«

»Du musst mit mir vorliebnehmen. Inspektor Cotta ist bei einem Einsatz. Worum geht es denn?«

Justus entschied sich blitzschnell. »Es ist privat. Er wollte mich am Wochenende zum Eisessen einladen, Missis. Aber ich habe keine Zeit. Wir müssen leider nach San Diego.«

»Ruf morgen wieder an, okay?«

»Ja, in Ordnung, Mrs Johnsson.« Justus legte auf. »Mist.«

»Seltsam«, wunderte sich Bob. »Seit wann arbeitet bei Cotta eine Mrs Johnsson?«

»Auf der Wache tauchen doch immer wieder mal neue Leute auf«, sagte Justus. »Das muss nichts bedeuten. Und Cotta kann schließlich mal bei einem Einsatz sein.« Auch Justus sah jetzt etwas ratlos drein.

»Und nun?«, fragte Peter.

Justus rückte seinen Sessel an den Liegestuhl heran. »Nun musst du hierbleiben«, sagte er, »und dich mit uns begnügen. Wir verstecken dich hier so lange, bis wir Inspektor Cotta erreichen. In der Zentrale bist du sicher!«

Peter sah aus, als wollte er sich nie wieder aus seinem Liegestuhl fortbewegen. »In Ordnung«, sagte er fast ein wenig erleichtert, »gebt mir vor allem zuerst mal was zu trinken. Ich habe einen Höllendurst.«

Bob sprang auf und holte eine Cola. Er warf auch Justus eine Flasche zu und öffnete sich ebenfalls eine. »Sollen wir deine Eltern anrufen?«, fragte er. »Die sind doch irgendwo wegen irgendwas unterwegs.«

Justus trank einen Schluck. »Das Irgendwo ist London und das Irgendwas ist die Beerdigung eines alten Schulfreundes von Peters Vater. Ich glaube nicht, dass uns das jetzt hilft. Sie können ohnehin nichts tun und wir machen sie nur verrückt.«

»Ich möchte aber gerne meinen Vater anrufen«, sagte Peter.

»Und was willst du ihm erzählen?«

»Dass er mich hier rausholen soll.«

Justus nickte. »Ich verstehe dich. Das kannst du gerne tun. Aber in London ist es jetzt mitten in der Nacht. Deine Eltern können frühestens morgen Abend oder übermorgen hier sein, wenn sie überhaupt einen Flug bekommen. Und was soll dein Vater von London aus gegen solche Leute ausrichten?«

»Und wir?«, fragte Peter. »Was machen wir?«

Justus dachte einen Moment nach. »Als Erstes gehe ich um die Ecke und schaue nach, was sich vor Mrs Winterfields Haus tut.«

»Spinnst du?«, fragte Peter. »Willst du da auch noch reingeraten?«

»Ich glaube nicht, dass die Männer wahllos auf alle Jungen schießen«, sagte Justus. »Ich sehe nun mal deutlich anders aus als du, Peter.« Er schmunzelte.

Das stimmte. Justus war der dicklichste der drei Freunde. Peter war schlank und sportlich, während Bob einfach ein gut aussehender, gelassener Typ war.

Doch Peter war immer noch nicht von Justus' Plan überzeugt. »Aber du kannst uns hier nicht einfach allein lassen!«

»Peter«, sagte Justus ruhig, »wenn deine Verfolger wüssten, wer du bist, dann wären sie längst hier! Ich werde vorsichtig sein und die Lage prüfen. Zur Not verzieht ihr euch in den Geheimgang. Was meinst du, Bob?«

Bob stellte die Colaflasche auf den Boden und sah Peter an. »Justus hat recht. Wir müssen wissen, was sich draußen tut. Und wir beide können uns so lange darüber unterhalten, was du heute erlebt hast. Vielleicht findet sich irgendein Anhaltspunkt, an den du noch gar nicht gedacht hast.«

»Bob«, murrte Justus. »Da wäre ich natürlich auch gerne dabei!«

»Du hast jetzt Außendienst«, sagte Bob. »Selbst schuld. Aber wenn du zurück bist, können wir ja noch mal alles durchgehen. Du stellst bestimmt andere Fragen als ich.«

Justus gab sich geschlagen und machte sich daran, ein

paar Dinge zusammenzusuchen: Taschenlampe, Fotoapparat, ein kleines Fernglas. Peter sah ihm zu und trank noch einen Schluck. Es tat ihm sichtlich gut, dass seine Freunde so ruhig mit der Situation umgingen. Und sie nahmen die Dinge in die Hand.

Nach ein paar Minuten verabschiedete sich Justus und zwängte sich in den Geheimgang.

»Wann bist du wieder da?«, fragte Bob.

»Kann man nie wissen. Wenn es über eine Stunde dauert, solltet ihr aber anfangen, euch Sorgen zu machen. Peter, gib mir den Schlüssel zu Mrs Winterfields Haus.«

Peter warf Justus den Schlüsselbund zu.

Justus verschwand in der Röhre.

Auch der Erste Detektiv passte kaum noch durch den Geheimgang. Bei ihm lag es nicht am sportlichen Körperbau, Im Gegenteil, es waren die vielen Pfunde. Nach zwei Minuten anstrengenden Robbens stand er in der Freiluftwerkstatt und klopfte sich den Staub ab. Er lauschte. Bis auf den Wind war nichts zu hören. Nur der Ton des Fernsehers und die Stimmen von Onkel Titus und Tante Mathilda drangen aus dem Wohnhaus. Das Bildschirmlicht flackerte durch die transparenten Gardinen, und Justus sah, dass sie sich eine Serie anschauten. Er überquerte den Platz und öffnete das Tor, das auf die Straße führte. Ein Auto fuhr vorbei, dann war es ruhig. Justus schlüpfte in die Dunkelheit.

Bis zu Mrs Winterfields Haus musste er nicht weit gehen. Er wählte nicht Peters Weg, das wäre zu auffällig gewesen. Justus wollte wie ein ganz normaler Passant wirken, der vielleicht gerade vom Bus kam und nach Hause ging.

Nach ein paar Minuten war er kurz vor dem Ziel. Villen säumten zu beiden Seiten die Straße, eine davon gehörte Mrs Winterfield. Nur schwach beleuchteten die Laternen den leeren Gehweg. Zu dieser Zeit saßen die Leute vor ihren Fernsehern. Brav parkten ihre Autos in den Garagen oder auf den Einfahrten vor ihren Häusern. Plötzlich bellte ein Hund. »Ruhig, Carlo«, sagte Justus. »Du kennst mich doch.« Der Hund winselte und lief mit Justus mit, bis ihm der nächste Zaun im Weg war. Inzwischen hatte Justus längst gesehen, dass der dunkle Chrysler, von dem Peter gesprochen hatte, verschwunden war. Nur Peters MG parkte noch immer vor Mrs Winterfields Haus.

Justus schlenderte an das Grundstück heran und blickte sich unauffällig um. Das Tor war leicht angelehnt. Mit einer schnellen Bewegung drückte er es auf und trat in den Garten. Er lauschte. Alles wirkte ruhig und verlassen. Im Haus brannte kein Licht mehr. Offenbar waren die Gangster verschwunden. Justus schlich sich zur Tür, die wieder zugezogen war. Das Schloss war unversehrt, die Männer verfügten anscheinend über gutes Spezialwerkzeug. Vorsichtig steckte Justus den Schlüssel ins Schloss.

Erwischt!

Justus öffnete die Tür. Im Haus von Mrs Winterfield war alles still. Er wartete einen Moment, dann trat er vorsichtig ein. Lange aufhalten wollte er sich hier nicht, nur nachsehen, ob die Männer Spuren hinterlassen hatten. Der Erste Detektiv schaltete die Taschenlampe ein und leuchtete den Flur ab. Sämtliche Zimmertüren standen offen. Die Männer hatten überall nachgeschaut. Er ging ins Wohnzimmer. Systematisch waren Schranktüren geöffnet, Möbel verrückt und Teppiche weggezogen worden. Peters Trick hatte funktioniert: Sie hatten ihn im Haus vermutet. Justus verließ das Zimmer und schloss die Tür. In den anderen Räumen dasselbe Bild. Er kontrollierte die Toilette. Das Fenster war nach wie vor zugezogen. Offenbar hatten die Verfolger Peters Trick nicht durchschaut.

Als er die Toilettentür wieder schloss, hörte er ein Geräusch. Es kam von oben, wo sich Mrs Winterfields Schlafzimmer befand. Es klang, als ob etwas Schweres umfiel. Justus erschrak: Waren die Männer doch noch im Haus? Schnell knipste er die Taschenlampe aus, streifte sich die Schuhe ab und schlich zur Treppe. Er musste der Sache auf den Grund gehen. Auf Zehenspitzen nahm er Stufe um Stufe. Es war zu dunkel, um etwas zu sehen. Ungefähr auf der Hälfte der Treppe wartete Justus und lauschte. Kein Laut mehr, nichts. Langsam tastete er sich vorwärts, bis er den ersten Stock erreicht hatte. Hier musste es gewesen sein. Eine Spannung lag über allem, oder bildete Justus sich das nur ein? Verhört hatte er sich nicht, da war er sich sicher. Schritt für Schritt schlich er weiter. Jetzt war er in etwa auf Höhe der Tür zum Schlafzimmer angelangt. Trotz seiner Anspannung bemühte sich Justus, langsam und leise zu atmen. Wo waren die Männer? Ein weiterer Schritt – da stieß sein Fuß an etwas Schweres und Weiches! Justus schrie erschrocken auf, verlor das Gleichgewicht und schlug der Länge nach auf den Fußboden.

Das, was auf dem Boden lag, hatte sich seltsam angefühlt. Zu allem Unglück war ihm beim Sturz auch noch die Taschenlampe aus der Hand gerollt. Justus tastete nach ihr. Sie lag nicht weit weg von ihm. Er schaltete sie ein und richtete den Lichtkegel auf das Hindernis am Boden. Erleichtert atmete er aus. Es war kein Mensch, wie er kurz befürchtet hatte. Es war ein grob zusammengerollter Teppich, der vorhin in sich zusammengesackt und umgefallen sein musste. Die Gangster hatten ihn bei ihrer Suche nach Peter wohl einfach gegen einen Schrank gelehnt.

Erleichtert rappelte sich Justus auf. Das hatte ihm einen ganz schönen Schreck eingejagt! Er wollte zurück in die Zentrale, zumal es für ihn nichts mehr zu sehen gab. Die Männer meinten es ernst. Und sie waren bestimmt nicht gerade erfreut darüber, dass Peter ihnen entwischt war! Doch einen Hinweis darauf, wer sie waren, hatte er nicht gefunden.

Als er die Treppe erreicht hatte, flog unten die Haustür auf. Justus schrak zusammen. Dafür gab es keine harmlose Erklärung wie für das Geräusch zuvor, so viel war klar. Grelles Licht zuckte durch das Haus. Jemand kam die Treppe hochgerannt. Schon erfasste der Lichtkegel seiner Lampe den Ersten Detektiv.

»Halt! Keine Bewegung!«

Alles passierte viel zu überraschend, als dass Justus reagieren konnte. Und mit einem Angriff von unten hatte er schon gar nicht gerechnet. Der Mann auf der Treppe leuchtete ihm ins Gesicht. »Hab ich dich erwischt!« Es klang fast ein wenig stolz. Er kam näher und eine zweite Person folgte ihm. Die Lampe blendete Justus, und er konnte nicht erkennen, wer die beiden waren. Mit einem geschickten Griff drehte der Mann Justus um und drückte ihn von hinten mit der Brust an die Wand. »Hände nach oben!« Er trat gegen Justus' Beine, sodass sie ein Stück auseinandergeschoben wurden, dann klopfte er Justus nach Waffen ab. »Okay. Und wage es nicht, dich zu bewegen! Sonst knallt's!«

Der andere Mann hatte inzwischen ein Handy gezückt. »Wir haben ihn.« Er nannte die Adresse. »Okay, wir warten.«

So blieben sie stehen. Justus mit dem Gesicht zur Wand und erhobenen Händen, die Männer schweigend hinter ihm. Nach kurzer Zeit hörte Justus, wie ein Auto vorfuhr. Eine Tür schlug zu und eine weitere Person betrat das Haus.

»Er ist hier oben!«, rief der Mann hinter Justus.

»Okay.« Das Flurlicht wurde angeschaltet.

Er war in die Falle getappt wie ein Anfänger, ärgerte sich Justus. Er traute sich nicht, sich umzudrehen. Abwechselnd wurde ihm heiß und kalt. Sein Verstand arbeitete unter Hochdruck, doch im Gegensatz zu sonst rotierten seine Gedanken ergebnislos im Kreis. Justus hatte nicht die Spur einer Ahnung, in was er hier hineingeraten war und was als Nächstes passieren würde. Er hatte Angst. Doch zu fliehen war aussichtslos. Der Weg war abgeschnitten.

»Du kannst dich rumdrehen!« Das war die Person, die zuletzt angekommen war.

Justus nahm die Hände von der Wand. Er kannte die Stimme. Langsam wandte er sich um. »Hallo, Inspektor Cotta«, sagte er erleichtert.

»Hallo, Justus.«

»Sie kennen den Typen, Inspektor?«, fragte der Mann, der Justus überwältigt hatte.

»Ja, Chapman. Das ist Justus Jonas. Aber sieht er etwa aus wie der Junge, den wir suchen? Durchtrainiert, schlank, braunhaarig?« Cotta hatte ebenfalls eine Taschenlampe eingeschaltet und leuchtete seinen Polizisten damit herausfordernd an.

»Ich … denke … nein«, druckste der Polizist, der Chapman hieß. »Wenn ich ihn jetzt so sehe … dieser hier ist etwas zu … dick. Und kleiner, und die Haarfarbe …«

»… stimmt auch nicht! Eben. Sie haben den Falschen erwischt, Chapman!« Cotta wandte sich an Justus. »Die Beschreibung würde eher auf deinen Freund passen, Justus. Wo ist Peter eigentlich?«

»Sie suchen nach Peter?«, fragte Justus. Es wurde immer mysteriöser.

»Wir suchen einen Jungen, dessen Beschreibung auf Peter zutreffen könnte. Wie auf tausend andere Jungs auch.«

»Was soll der Kerl denn angestellt haben?«, fragte Justus.

Inspektor Cotta lächelte. »Neugierig wie immer! Diesmal kann ich dir gar nichts sagen, selbst wenn ich etwas wüsste. Anweisung von oben. Irgendeine geheime Sache. Ich habe selbst keine Ahnung. Wir sollen ihn nur finden.«

Justus entschied sich blitzschnell. »Peter ist mit seinen Eltern nach London geflogen. Er ist gar nicht in Rocky Beach.« Es war eine Lüge, aber es ging nicht anders. Justus dachte an diese Mrs Johnsson, die plötzlich in Cottas Büro saß. Irgendeine ganz seltsame Geschichte lief hier und Peter musste geschützt werden. Später würde er bei Inspektor Cotta den Sachverhalt aufklären.

»Na also.« Cotta lächelte beruhigt. »Dann ist Peter schon mal außen vor!«

Nun mischte sich wieder der Polizist ein, der Justus verwechselt hatte. »Aber was hat der Junge hier in diesem Haus zu suchen? Er ist eingebrochen! Wir haben es genau beobachtet.«

Inspektor Cotta sah Justus an. »Wie ich dich kenne, hast du dafür eine Erklärung.«

»Das Haus gehört Mrs Winterfield«, sagte Justus, ohne Chapman anzublicken, und kramte in der Hosentasche. »Ich bin nicht eingebrochen! Das ist ihr Haustürschlüssel. Sie hat ihn mir gegeben, weil sie in Urlaub gefahren ist. Ich kümmere mich um ihre Pflanzen und sehe nach dem Rechten.«

»Im Dunkeln mit einer Taschenlampe und ohne Schuhe?«, fragte Cottas Polizist ungläubig.

Justus' Augen verengten sich zu schmalen Schlitzen. Erst hatte dieser Chapman ihn »dick« genannt – konnte er jetzt nicht einfach mal Ruhe geben? Doch Justus nahm sich zusammen. »Wir … ich … Nun, Blumengießen ist langweilig, und um es etwas spannender zu machen …«, sagte er mit unschuldiger Stimme, »… habe ich einfach ein wenig Detektiv gespielt.«

Inspektor Cotta räusperte sich. »So etwas habe ich mir schon gedacht. Also Leute, raus hier. Wir haben noch einige Straßen vor uns.« Die Polizisten stiegen die Treppe hinunter, doch Justus hielt den Inspektor am Ärmel fest. »Wer ist eigentlich Mrs Johnsson?«, fragte er leise. »Sie hat im Präsidium ihr Telefon abgenommen.«

»Du hast bei mir angerufen?«

»Ja. Es war aber nicht so wichtig. Ich melde mich dazu noch mal, wenn die Gelegenheit günstiger ist.«

»Johnsson ist uns für ein paar Tage zugeteilt«, sagte Cotta knapp.

Chapman drehte sich um und rief die Treppe hoch: »Kommen Sie nun mit, Inspektor?«

»Ja, klar.« Er verabschiedete sich von Justus und verließ das Haus.

Justus sah den Polizisten hinterher. Zum Glück war dieser Chapman nicht auf die Idee gekommen, in den Zimmern des Hauses herumzuschnüffeln. Wie hätte ihm Justus das Durcheinander dort erklären sollen? Bestimmt nicht mit Blumengießen!

Ein misslungener Auftrag

Nachdem die Polizeiwagen losgefahren waren, zog Justus seine Schuhe wieder an und verließ das Haus. Die Zimmer würden sie später in Ordnung bringen. Mrs Winterfield war noch einige Tage auf ihrer Kreuzfahrt. Nun musste er sich erst einmal wieder um Peter kümmern. Als er ein paar Meter gelaufen war, fiel ihm ein dunkler Chrysler auf, der langsam die Straße entlangfuhr. Die Scheiben waren getönt, sodass man nicht hineinsehen konnte. Justus warf ihm einen kurzen Blick nach und schlenderte möglichst unbeteiligt weiter. Doch sein Puls ging schneller. Die Männer waren noch da! Kein Zweifel: Auch sie suchten die Gegend nach Peter ab! Als er zum Schrottplatz seines Onkels kam, war das Auto zum Glück verschwunden.

Justus öffnete das große Tor und schlüpfte auf das vertraute Gelände. Onkel Titus und Tante Mathilda sahen immer noch fern. Er lief hinüber in die Freiluftwerkstatt und zwängte sich in den Geheimgang. Wenig später kletterte er in die Zentrale.

»Da bist du ja endlich«, begrüßte ihn Bob. »Wir haben schon Angst um dich bekommen!«

Justus schnappte sich ein Mineralwasser und erzählte, was passiert war. Staunend und auch ein wenig ungläubig hörte Peter zu. »Die Polizei sucht mich?«

»Wenn es keine Verwechslung ist«, sagte Justus.

»Dann waren die Männer, die auf mich geschossen haben, doch Polizisten?«

Justus schüttelte den Kopf. »Ich glaube kaum, dass die Polizei einfach so auf Jungs schießt. Das müssen andere Leute gewesen sein. Aber irgendetwas ist faul an der Geschichte. Inspektor Cotta hat sich so undurchsichtig ausgedrückt: ›Anweisung von oben‹. So, als ob er selbst auch nicht genau Bescheid wüsste. Er soll dich nur abliefern. Falls es keine Verwechslung ist. Vorsichtshalber habe ich nichts von dir erzählt.«

Jetzt mischte Bob sich ein. »Genau! Eine Verwechslung ist doch nach wie vor nicht ausgeschlossen. Inspektor Cotta hat nicht nach einem *Peter Shaw* gesucht. Nur nach einem Jungen, der Peter ähnlich sieht. Und der muss irgendetwas ausgefressen haben. Wisst ihr was, wir werden den Jungen einfach auch suchen! Wenn wir ihn finden, können wir Peter retten und den Fall aufklären!«

Peter sah ihn zweifelnd an. »Aber wie wollt ihr das anstellen?«

Eine Weile schwiegen sie. Justus zupfte an seiner Unterlippe. Er trank noch einen Schluck Wasser, dann sagte er: »Okay. Nehmen wir an, dass der Junge etwas verbrochen hat. Danach ist er abgehauen. Später entdecken die Männer Peter am Strand und denken, er sei der Täter! Sie müssen nach dem Jungen gesucht haben. Also muss es irgendwo in der Nähe vom Strand passiert sein. Ist dir heute jemand aufgefallen, der dir ähnlich sieht?«

Peter schüttelte den Kopf.

»Was hast du überhaupt gemacht, bevor du zum Strand bist? Vielleicht seid ihr euch heute irgendwann begegnet, und danach haben die Männer den Falschen verfolgt.«

»Ich habe Bob schon alles erzählt. Morgens habe ich gepennt, dann war ich in Rocky Beach und habe mir ein neues Skateboard angesehen, dann ...«

»Etwas genauer bitte!«

Peter stöhnte auf. »Was soll das alles! Ich habe keine Lust mehr. Bringt mich einfach in Sicherheit. Am besten nach Hawaii, jedenfalls ganz weit weg!«

»Peter!« Justus schüttelte den Kopf. »Wenn die Polizei dich sucht und irgendwelche seltsamen Typen hinter dir her sind, dann bist du nirgendwo sicher. Wir müssen klären, was hinter allem steckt!«

»Wir wollen dir doch nur helfen, Peter«, versuchte Bob ihn zu beruhigen. »Wir sind doch immer für dich da!«

»Ich weiß, ist ja gut.« Peter lächelte und bekam sich wieder in den Griff. »Im Skateboardshop war eigentlich alles ganz normal. Sie hatten eine Menge neuer Modelle, und auch Räder und Spezialachsen habe ich mir angesehen. Auf andere Kunden habe ich nicht geachtet. Keine Ahnung, ob da einer so aussah wie ich. Ich habe mir noch ein Emerica-T-Shirt gekauft« – Peter unterbrach sich und deutete sich an die Brust – »und dann noch eine ganze Weile mit dem Verkäufer gequatscht. Er hat mir erzählt, dass Jack ›T‹ Zack morgen für die große Skater-Show nach Rocky Beach kommt.«

»Wer?«, fragte Justus.

»Du kennst Jack ›T‹ Zack nicht? Der beste Skateboarder, den es in der Gegend hier gibt! Los Angeles Downtown.«

»Ach so, der«, sagte Justus und zog ironisch die Augenbrauen hoch.

Über so viel Unwissenheit konnte Peter nur aufstöhnen, dann fuhr er fort: »Schließlich bin ich mit einem Satz Räder und Achsen aus dem Laden raus. Echte Spitzenqualität! Mein Lohn für das Aufräumen auf dem Schrottplatz ist dafür leider komplett draufgegangen!«

»Eigentlich wolltest du doch heute die Fotos für das Biologiereferat machen, oder?«, erinnerte sich Justus. Er warf einen schiefen Blick auf Peter. »Stattdessen höre ich etwas von Achsen und einem Mr Zack!«

»Nun warte es doch mal ab! Ich bin dann ja gleich ins Auto und zu den Felsen gefahren, um die Nester dieser Möwen zu suchen. Ich hab's nicht vergessen, Justus!«

»Und? Hast du die Bilder gemacht?«

Peter nickte. »Klar doch! Aber es war nicht einfach. Du weißt ja, man findet die Vögel eigentlich nur in der kleinen Felsenbucht, weil sie so abgelegen ist. Es ist wirklich mühsam, dorthin zu kommen. Ich habe den Wagen abgestellt, bin um die Felsen am Meer geklettert und habe ein paar Fotos geschossen. Leider hat das alles länger gedauert, als ich dachte. Ich hatte mich mit Kelly in dem Hafencafé verabredet und war schon ziemlich spät dran. Und dann …«

»Zu Kelly kommen wir später. Zunächst: Ist dir beim Fotografieren irgendetwas aufgefallen? Vielleicht ein anderer Junge?«

Peter dachte nach. »Eigentlich bin ich niemandem begegnet. In der Bucht lag ein Schiff und da waren Leute, aber die waren ziemlich weit weg. Ich habe auch nicht weiter auf sie geachtet. Ich bin zurückgeklettert und schnell zum Hafen gefahren. Dann ist mir leider etwas ganz Dummes passiert.«

»Lass mich raten«, sagte Justus. »Du kamst zu spät und Kelly war sauer!«

»Ja. Nein. Also, ich kam zu spät. Aber Kelly war noch nicht da! Ich habe mich an die Bar gesetzt und meine Kamera auf den Hocker neben mich gelegt. Dann rief Kelly im Café an, ich hatte nämlich mein Handy vergessen. Sie hat gesagt, dass sie erst in einer Stunde kommen könne. Sie hatte in Los Angeles einen Freund getroffen. Dieser Typ ist schon einige Zeit hinter ihr her. Glaube ich zumindest. Sie sind in ein Café und haben sich verquatscht und dabei hat sie angeblich irgendwie die Uhrzeit vergessen. Ich war total sauer, weil ich mich extra so beeilt hatte.«

»Und darüber, dass du sauer warst, war Kelly sauer.«

Peter nickte. »Und darüber, dass sie sauer war, wurde ich erst so richtig sauer.«

»Was euer Gespräch nicht gerade vereinfacht haben dürfte«, bemerkte Justus.

»Weil sie dann noch saurer wurde«, ergänzte Bob.

»Hört auf, euch über mich lustig zu machen!«, sagte

Peter. »Das wollte ich auch gar nicht erzählen! Mir ist was viel Blöderes passiert! Leider.«

»Die Kamera!«, sagte Justus.

Peter nickte. »Genau. Als ich das Telefongespräch beendet hatte, war sie weg!«

Viele Feinde

Erschrocken fragte Bob: »Deine Kamera wurde gestohlen?«

»Wahrscheinlich. Eine andere Erklärung habe ich nicht.«

»Mist!« Voller Mitgefühl sah Bob seinen Freund an. Das war ein Schlag für Peter, denn es war ein guter Apparat, den ihm seine Eltern erst kürzlich zum Geburtstag geschenkt hatten. Eine Spiegelreflexkamera mit Teleobjektiv, der neuste Stand. Da Peter damit die beste Kamera der drei besaß, hatte er sich auch angeboten, die Vögel zu fotografieren. Um die Bilder war es nicht so schade, die konnten sie noch einmal machen. Aber die Kamera war ein großer Verlust.

Peter schüttelte den Kopf, »Ich Idiot, echt! Nur wegen des blöden Streits! Ich habe sofort das ganze Café abgesucht und die Leute befragt. Keiner hat etwas gesehen.«

»Wer war denn alles da?«, fragte Justus.

Peter beschrieb die Gäste, so gut er sich erinnern konnte. Mehrere Bootsbesitzer, ein junges Paar, drei hübsche Frauen an einem Tisch. Kein anderer Junge, der ihm ähnlich sah. »Jetzt war meine Laune endgültig im Eimer!«, erzählte Peter weiter. »Zu dem Zeitpunkt konnte ich ja nicht ahnen, dass alles noch viel schlimmer kommen sollte. Ich musste erst mal meine Wut abjoggen. Und ich wollte niemanden mehr sehen! Deswegen bin ich ein Stück weiter rausgefahren, nach Sun Beach. An dem Strand bin ich manchmal, wenn ich meine Ruhe haben will.«

Justus dachte nach. Nichts von dem, was Peter erzählt hatte, gab irgendeinen konkreten Hinweis auf das, was er dann erlebt hatte. Nach wie vor standen sie vor einem Rätsel. Er sah auf die Uhr. Es war spät geworden und langsam mussten sie ans Schlafengehen denken. »Wer außer dir wusste, wohin du zum Joggen wolltest?«, fragte er. »Niemand.«

Justus wartete einen Moment, ob Peter noch etwas einfiel.

»Doch. Einer wusste es. Der Mann hinter der Theke, aus der Bar!«

»Warum?«

»Ich habe ihm gesagt, dass ich joggen gehe und auf dem Rückweg noch mal im Café vorbeischaue, ob meine Kamera wieder aufgetaucht ist. Dann haben wir uns ein paar Sätze darüber unterhalten, wo unsere Lieblingsplätze zum Laufen sind. Er joggt auch gerne.«

Sie schwiegen. Man hörte, wie draußen der Wind um die Schrottteile pfiff. Er war stärker geworden. »Morgen früh werde ich zum Hafencafé fahren und den Kellner fragen«, sagte Justus schließlich. »Bob, du recherchierst im Internet, ob es irgendwelche seltsamen Ereignisse in Rocky Beach gegeben hat. Irgendwie müssen wir der Sache doch auf die Spur kommen! Aber jetzt schlafen wir erst einmal. Am besten alle zusammen in meinem Zimmer.«

Bob grinste. »Okay, Chef. Aber erst schaue ich nach, ob draußen alles ruhig ist.« Der dritte Detektiv ging an das Ende der Zentrale, wo ein enges Stück Ofenrohr vom Dach des Wagens heruntergeführt war. Damit hatte Justus ein Periskop konstruiert, das er den »Spion« nannte. Draußen war der Wagen bis in Dachhöhe von Schrott umgeben, damit er allen Blicken entzogen blieb, deshalb musste man den Spion benutzen, wenn man sich in der Umgebung umsehen wollte. Vorsichtig drehte Bob das Periskop in alle Richtungen. Zum Glück konnte er nichts Verdächtiges entdecken. »Also gut. Gehen wir.«

Am nächsten Morgen wachte Peter als Erster auf. Er fühlte sich wie gerädert, denn er hatte schlecht geschlafen und seltsame Träume gehabt. Justus und Bob schliefen noch friedlich. Leise stieg Peter aus dem Bett und schaute aus dem Fenster zum Hof. Die Sonne war eben aufgegangen und beschien die Spitzen der Schrottberge. Auf der Straße waren nur ein paar Autos unterwegs und nichts deutete darauf hin, dass ihm seit gestern Gefahr drohte. Fast unwirklich erschien ihm die Verfolgungsfahrt vom vorigen Abend. Aber der Muskelkater und auch ein paar blaue Flecken erinnerten ihn daran, wie knapp er seinen Verfolgern entkommen war.

»Denkst du nach?«

Peter drehte sich um. »Guten Morgen, Bob!«

»Peter, du brauchst dir keine Sorgen zu machen. Ich bleibe bei dir in der Zentrale. Von dort aus kann ich im Internet recherchieren. Justus fährt zum Hafen. Bestimmt finden wir etwas heraus. Das wäre der erste Fall, den wir nicht lösen!«

Peter lächelte. »Dann bin ich wohl euer Auftraggeber.«

Wie aufs Stichwort wälzte sich Justus aus dem Bett. Im Halbschlaf hatte er das kurze Gespräch mitbekommen. »Warte, Peter«, murmelte er und gähnte. Er tapste zu seinem Hemd, das achtlos über der Stuhllehne hing, und griff in die Hemdtasche. »Hier, unsere Karte, Herr Auftraggeber!«

Grinsend nahm sie Peter entgegen. Er las vor:

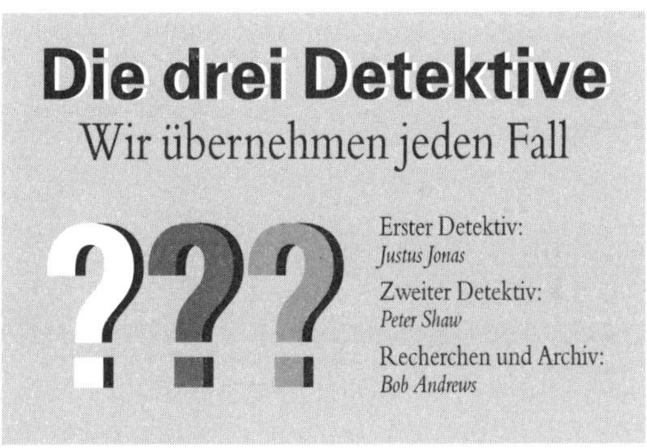

»Diese drei Fragezeichen, was bedeuten die eigentlich?«, fragte er mit gespielter Neugier. Genauso, wie es alle taten, wenn sie die Karte in die Hand bekamen.

Justus setzte eine wichtige Miene auf. »Sie stehen für

das Unbekannte, für Rätsel aller Art. Das interessiert uns! Denn so wird das Leben spannender und wir können dabei noch jemandem aus der Not helfen. Wenn zum Beispiel eine Person verfolgt wird, finden wir den Grund heraus und retten sie!«

»Ich hoffe, ich kann euer Honorar bezahlen«, sagte Peter. »Meine letzten Dollar sind für ein Skateboard draufgegangen.«

»Grundsätzlich nehmen wir kein Honorar«, erklärte Justus und musste das Lachen unterdrücken. »Doch bei dir machen wir gerne eine Ausnahme. Bei Erfolg übernimmst du den nächsten Dienst auf dem Schrottplatz! Wie ich beiläufig gehört habe, möchte Tante Mathilda den Berg alter Autoreifen in eine andere Ecke geräumt haben.«

Mit gespielter Empörung rief Peter: »Ihr seid gemein! Aber mir bleibt wohl keine andere Wahl ...«

Justus und Bob nickten und grinsten sich dann an. Sie waren froh, dass Peter wieder zum Scherzen aufgelegt war.

Eine halbe Stunde später hatte sich Justus aus dem Haus geschlichen und war mit dem Fahrrad auf dem Weg zum Hafen. Irgendwo musste er anfangen, und der vermeintliche Diebstahl der Kamera war zumindest ein Ereignis, dessen Umstände er genauer erkunden wollte. Der Wind hatte wieder nachgelassen und die Boote schaukelten sanft in ihrer Vertäuung. Ein paar Frühaufsteher kehrten bereits von ihrer ersten Bootsausfahrt zurück, während vereinzelt andere Bootsbesitzer ihr Deck schrubbten oder das Schiff klar zum Ablegen machten. Doch viel war noch nicht los.

Als Justus sein Fahrrad in der Nähe der Tauchschule am Fahrradständer abschloss, hörte er plötzlich eine Stimme hinter sich. »Aha! Der Oberdetektiv! Schon so früh unterwegs?«

Justus drehte sich um. Es war Rubbish George, der ehemalige Stadtstreicher, der nun hin und wieder ein paar Tätigkelten am Hafen erledigte und dafür in ein altersschwaches Boot umgezogen war. Doch sein alter Spitzname »Rubbish« haftete ihm immer noch an. Nachdem die drei ??? ihm einmal sehr geholfen hatten, war Rubbish Georges mürrische Art den Jungen gegenüber einer grummeligen Freundlichkeit gewichen.

Justus grinste ihn an. »Gut, dass ich dich treffe. Ich hätte gleich ein paar Fragen an dich. Warst du gestern hier? Mich interessiert vor allem der Nachmittag. Hast du Peter gesehen? Oder einen Jungen, der ihm ähnelt?«

Rubbish George stöhnte auf. »Nun mach doch mal nicht so einen Wind, Justus! Man könnte ja meinen, es ginge um Leben und Tod. Wollen wir erst mal einen Kaffee trinken?« Justus holte tief Luft und nickte. Es hatte keinen Sinn, George zu drängeln. Wenn er nicht wollte, wollte er nicht. Rubbish führte Justus auf sein Boot, das in der Ecke des Hafens lag, in der die etwas älteren Schiffe vertäut waren. Zum Teil waren sie ein wenig heruntergekommen, da die Besitzer keine Zeit oder auch kein Geld hatten, um sich ausreichend um sie zu kümmern.

Rubbish schnappte sich das Tau und zog sein Boot bei. »Auf, du zuerst, Erster Detektiv!« Mit einem großen Schritt kletterte Justus an Bord. Rubbish folgte ihm, stieg in die Kajüte und kehrte kurz darauf mit einer Thermoskanne und zwei Bechern zurück. »Kaffee! Billiger als im Hafencafé«, sagte er und grinste. »Und besser. Direkt aus Ägypten!« Er füllte die Becher und gab Justus einen. Justus trank einen Schluck und fand, dass Rubbish sogar recht hatte. Sie setzten sich auf die Reling. Schweigend betrachtete Justus die anderen Schiffe. Ein paar hundert Meter weiter lag das Hafencafé, das bereits geöffnet hatte.

»Ich kann mir denken, warum du da bist«, sagte Rubbish plötzlich.

Überrascht sah Justus auf.

»Peter steckt mal wieder in Schwierigkeiten.«

»Wie kommst du darauf?«

»Es waren Leute da, die nach ihm gefragt haben. Du weißt ja, ich kann Hektik nicht leiden. Ich war umlagert wie ein Popstar.«

»Haben sie namentlich nach Peter gefragt? Peter Shaw?«

Rubbish George schüttelte den Kopf »Sie beschrieben einen Jungen, der Peter sein könnte. Aber Peter war ja da, gestern. Ich denke schon, dass sie ihn meinen.«

»Wer sind diese ›sie‹?«, fragte Justus,

Rubbish trank einen Schluck und stieß hörbar auf.

So ganz hatte er seine Vergangenheit als Stadtstreicher noch nicht hinter sich gelassen. »Männer«, sagte er. »Zuerst kamen zwei Typen. Äußerst unsympathische Kerle. Ich schätze, aus Europa, wahrscheinlich Russland. Aber nicht deswegen unangenehm.« Rubbish George kraulte sich am Bart. »Du weißt, ich habe eine Menge Freunde aus aller Welt. Aber die zwei, das waren richtig fiese Kerle. Ich habe sie nie zuvor gesehen. An ihren Jacken beulten sich schon die Pistolen durch. Haben mir zwei Zehner hingeschoben für eine Auskunft.«

»Was wollten sie wissen?«

»Ob ich einen Jungen gesehen habe. Beschreibung wie Peter. Und er trug ein schwarzes T-Shirt mit Emerica-Aufschrift.«

Justus erschrak: Peter hatte gestern tatsächlich ein solches T-Shirt getragen! »Hast du das Geld genommen?«

Rubbish grinste. »Klar doch.«

»Oh nein, Rubbish!«

»Oh doch, Justus. Aber nun mach dir mal nicht gleich ins Hemd. Ich habe den Typen dummes Zeug erzählt. Dass ich seinen Namen auch nicht wüsste. Und dass der Junge vor einer Woche mal da gewesen wäre. Nur leider hat mein unverbindliches Geplauder nichts genutzt.«

»Wieso?«

»Danach sind sie ins Hafencafé. Genau da, wo Peter vielleicht eine Viertelstunde vorher war. Sie haben eine Welle rumgefragt und hatten es plötzlich sehr eilig. Sie hatten noch nicht mal Zeit, sich ihre zwanzig Dollar wiederzuholen.« Rubbish grinste. »Sicherheitshalber bin ich auf meinem Boot verschwunden.«

»Rubbish, das ist ganz wichtig: Ist dir an den Kerlen irgendetwas aufgefallen? Eine körperliche Besonderheit?«

Rubbish George sah auf das Wasser und dachte nach. »Einer von denen hatte so einen seltsamen Blick. Sein Augenlid hing zu weit nach unten.«

Justus schrak zusammen. Es passte. Das mussten die beiden Männer gewesen sein, die kurze Zeit später auf Peter geschossen hatten. Im Hafencafé hatten sie zuvor die Auskunft erhalten, wo er zu finden war. Er wollte das gleich überprüfen. »Rubbish, du hast noch von weiteren Männern gesprochen?«

Rubbish George füllte sich Kaffee nach und gab auch Justus noch einen Schluck. »Am Abend kam wieder so ein Typ. Amerikaner. Aalglatt und nicht minder unsympathisch. So ein Jacketträger. Auch er hat nach einem Jungen gefragt, der wie Peter aussieht. Dem habe ich gar nichts erzählt.«

»Er hat wohl nicht bezahlt?«, sagte Justus feixend.

Rubbish lächelte in seinen Bart. »Nein, nichts. Aber der Kerl war furchtbar. So richtig schleimig und glatt. – Na ja, und dann kam spätabends noch Inspektor Cotta. Der hat natürlich einen Kaffee von mir bekommen. Bier wollte er nicht.«

»Er hat dir dieselben Fragen gestellt?«

Rubbish George nickte. »Aber inzwischen war ich

sehr vorsichtig geworden. Ich habe ihm nichts von Peter gesagt. Aber genau wie der Amerikaner hat sich Cotta anschließend noch am Hafen umgehört. Und im Café war er auch.« »Dann werde ich da jetzt mal hingehen«, sagte Justus und wollte aufstehen. »Danke, George!«

Doch Rubbish George hielt ihn zurück. »Willst du mir nicht erzählen, worum es geht?«

»Wenn ich das nur wüsste«, sagte Justus. »Man hat auf Peter geschossen. Aber wir haben keine Ahnung, warum. Vielleicht hat es etwas mit der Kamera zu tun, die Peter hier abhandengekommen ist.«

Rubbish George setzte sich auf. »Ach, der Fotoapparat gehört Peter?«

Überrascht sah Justus ihn an: »Sag bloß, du weißt, wer ihn gestohlen hat!«

Der Angriff

Als Justus zum Hafen aufgebrochen war, schlichen auch Peter und Bob die Treppe hinunter. Tante Mathilda und Onkel Titus saßen beim Frühstück, und Bob wollte kurz in der Küche vorbeischauen, damit sich Peter währenddessen ungesehen in der Zentrale verstecken konnte. Zurzeit hielten es die drei ??? für das Beste, wenn niemand wusste, wo Peter war. Und den bohrenden Fragen von Tante Mathilda wollten sie sich schon gar nicht aussetzen.

Bob trat in die Küche und schenkte sich einen Orangensaft ein.

»Kommt Justus auch?«, wollte Tante Mathilda wissen.

»Äh, nein, der ist schon unterwegs.«

»Ganz ohne Frühstück?«, wunderte sich Tante Mathilda.

Onkel Titus fragte schmunzelnd: »Habt ihr wieder einen neuen Fall?«

»Er wird bestimmt bald zurück sein«, antwortete Bob ausweichend.

Ohne von ihrem Rührei aufzublicken, sagte Tante Mathilda: »Das will ich auch hoffen! Titus muss zu einer Haushaltsauflösung und da könnte ich Hilfe auf dem Hof gut gebrauchen!«

»Kein Problem«, sagte Bob. »Ich bin erst mal in der Nähe. Mrs Jonas, wenn Sie jemanden brauchen, rufen Sie einfach.« »Hast du je erlebt, dass sie das nicht getan hätte?«, fragte Onkel Titus und schob sich eine Portion Rührei in den Mund.

»Und bitte melden Sie sich, wenn irgendetwas Ungewöhnliches passiert«, ergänzte Bob.

»Was, bitte, soll denn Ungewöhnliches geschehen?«, fragte Tante Mathilda hellhörig und sah auf.

»Ach, wenn seltsame Leute nach uns fragen«, sagte Bob schnell und verließ die Küche. Er wollte jetzt lieber nicht in die Mangel genommen werden. Als er die Stufen zum Hof nahm, hörte er Tante Mathilda sagen: »Sie werden doch nicht etwas angestellt haben, die Jungs? Und wo steckt eigentlich Peter?«

Bob hielt inne.

»Keine Ahnung«, sagte Onkel Titus, »ich habe ihn seit vorgestern nicht mehr gesehen.«

Bob lächelte und ging hinüber zur Freiluftwerkstatt. Die Luft war kühl und klar, der Himmel blau und es versprach ein wunderbarer kalifornischer Sonnentag zu werden. Nur leider würde er jetzt erst einmal in der Zentrale hocken und im Internet nach auffälligen Ereignissen in Rocky Beach recherchieren. Außerdem wollte er seinen Vater anrufen. Er war Journalist bei der Los Angeles Post und wusste bestimmt das eine oder andere, was in der Gegend los war.

Als er in die Zentrale kam, hing Peter wieder im Liegestuhl und begrüßte Bob mit einem starren Blick. Die bessere Laune war schon wieder verflogen. »Es ist einfach furchtbar, wenn man nichts unternehmen kann«, beklagte er sich.

»Hast du durch das Periskop geschaut?«

Peter nickte. »Alles okay.«

»Nun warte mal ab, Peter! Justus ist unterwegs und ich lege auch gleich los. Wir werden das schon hinbekommen.«

»Jaja. Schön, dass du mir Mut machst. Aber auf mich wurde geschossen, verstehst du? Ich habe nachgedacht. Ich werde meine Eltern informieren. Und Inspektor Cotta auch.«

Bob sah ihn an. »Wie du meinst. Das wird wahrscheinlich das Beste sein. Vielleicht sperrt Cotta dich ein. Dann bist du wenigstens sicher.«

Das schien neue Gedanken bei Peter auszulösen und Bob schaltete den Computer ein.

Nachdem er einige Minuten lang von Seite zu Seite gesprungen war, kam Bob seine Tätigkeit immer sinnloser vor. Er hatte Konzerttermine, Schulfeste, Beachpartys, Kinopremieren und Lesungen gefunden, doch wo sollte er ansetzen? Auch das Skateboardevent hatte er sich angeschaut und sich eine Tauchexkursion zu einer der vorgelagerten Inseln notiert. Ihm wurde klar: Sie mussten es netzartig angehen – Informationen sammeln und dann prüfen, wo sich Verbindungen herstellen ließen. Hoffentlich hatte wenigstens Justus etwas herausgefunden, Bob beschloss, erst einmal seinen Vater anzurufen. Inzwischen musste er wach sein, obwohl er als Journalist seinen Tag erst spät begann und dafür abends oft lange unterwegs war. Als Bob das Telefon nahm, hörte er, wie Onkel Titus seinen Lieferwagen anwarf und vom Hof fuhr. Bob wählte die Nummer.

»Hi, Dad!«

Eine verschlafene Stimme erklang. »Bob? Was ist los?«

»Ich bin gerade bei Justus. Wir brauchen dich. Du bist doch der beste Reporter der Welt. Wir müssen wissen, was zurzeit in Los Angeles und Rocky Beach Wichtiges passiert!«

»Jetzt, so früh am Morgen? Bob, es geschehen tausend Sachen in Los Angeles. Wie lange willst du telefonieren? Zehn Stunden?« Er lachte und wurde langsam wach. »Was meinst du denn genau?«

»Na, so in der Politik vielleicht oder Banken, Polizei, Verbrechen …«

»Ich frage lieber nicht nach, wofür du das wissen möchtest, Bob. Wahrscheinlich seid ihr wieder an so einem Detektivspielchen dran, stimmt's?«

»Äh …«

»Also: Unser Gouverneur ist heute in San Francisco auf einem Umweltschutztreffen. Gestern hat er einen Präsidenten aus Südamerika empfangen, der wegen eines Abkommens in Amerika ist. Ich durfte ihn interviewen. Dann findet noch eine Versammlung der Drehbuchschreiber von Hollywood statt. Sie wollen mehr Geld. Und sonst … Heute Nacht ist ein Wagen von einer Brücke gestürzt. Zum Glück keine Toten.

Am Flughafen gab es einen Bombenalarm, aber es war nur ein Rucksack, der vergessen worden war. Ach Bob, wenn du mir keine genaueren Hinweise geben kannst, kann ich dir wohl kaum helfen.«

»Das fürchte ich auch«, sagte Bob. »Tut mir leid, Dad. Vielleicht melde ich mich noch mal, wenn ich mehr weiß. Es muss etwas sehr Mysteriöses sein.«

»Tu das, Bob. Und schönen Gruß an Justus.«

Bob legte auf.

Peter, der mitgehört hatte, fuhr sich mit der Hand durch die Haare. »Unfälle, Politiker … das bringt doch alles nichts.«

Genau in dem Moment erklang die Stimme von Tante Mathilda. »Bob! Boohoob!«

»Ach, Mist«, sagte Bob. »Auch das noch! Ich gehe mal schauen, was sie will.«

»Lass mich bitte nicht so lange allein«, sagte Peter.

»Klar. Bin gleich zurück.«

Als Bob weg war, setzte sich Peter an den Computer und rief seine E-Mails ab. Kelly hatte geschrieben, dass er ihr erst mal gestohlen bleiben könne. Vielleicht siehst du mich sowieso nie wieder, dachte er und hatte plötzlich den starken Wunsch, sich mit ihr zu versöhnen. Er setzte zu einer Antwort an, kam jedoch über den ersten Satz nicht hinaus. Wo Bob bloß blieb? Peter sah auf die Uhr. Er war schon seit über fünf Minuten weg. Also noch einmal Kelly. Was sollte er ihr schreiben? Regungslos starrte Peter auf den Bildschirm. Nun hatte Bob sich schon fast zehn Minuten nicht mehr gemeldet! Das musste doch einen Grund haben! Peter sprang auf und setzte sich ans Periskop. Mit ein paar Handgriffen hatte er das Rohr in Position gebracht und sah hinein.

Auf der Straße war wenig los. Kurz vor der Einfahrt zum Schrottplatz parkte ein Auto. Es war ein schneller Chevrolet. Peter veränderte das Blickfeld und stutzte. An der Kühlerhaube lehnte ein Mann und spielte mit seinem Handy. Eine modische Sonnenbrille verdeckte einen Teil des Gesichts. Mit zitternden Händen drehte Peter das Periskop weiter. Langsam wurde ihm mulmig. Der Hof des Schrottplatzes geriet in seinen Fokus. Wo war Bob? Sosehr sich Peter auch Mühe gab, er entdeckte weder Bob noch Tante Mathilda. Er sah überhaupt niemanden.

Unruhe stieg in ihm auf. Plötzlich hörte Peter ein Geräusch. Metall schlug auf Metall. Er drehte das Periskop ein Stück weit zurück. Ein Schatten flog durch den Bildausschnitt, dann schepperte es draußen. Und wieder. Und noch einmal. Der Rhythmus steigerte sich. Bei Peter schlug jetzt die Unruhe in Panik um. Da räumte jemand den Schrott zur Seite! Das konnte nur einen Grund haben: Dieser Jemand wollte zu dem, was unter dem Schrott versteckt war, und zwar auf kürzestem Weg. Sein Ziel war die Zentrale! Sein Ziel war Peter!

Kickflips

Ein weißes Schiff fuhr zu seiner Anlegestelle und Rubbish Georges Boot schaukelte leicht. »Du hast den Diebstahl von Peters Kamera beobachtet?«, fragte Justus noch einmal nach. Rubbish George schüttelte den Kopf. »Ich bekomme zwar mehr mit, als viele annehmen, aber das habe ich nicht gesehen. Nur einen Fotoapparat. Teures Teil, Spiegelreflex, mit einem stattlichen Objektiv.«

»Das *ist* Peters Kamera! Und weiter?«

Rubbish räusperte sich und blickte in seinen Becher. »Mein Kaffee ist alle. Möchtest du auch noch einen?«

Justus wollte nichts mehr trinken, er spürte schon das ungesunde Koffein im Magen, aber damit es nicht unnötige Diskussionen gab, sagte er einfach: »Gerne.«

Rubbish George tapste in die Kajüte und holte Nachschub. Dann setzte er sich wieder auf die Reling. »Weißt du, Justus, hier läuft manchmal so ein Typ herum. Alex der *Zauberer* nennt er sich, wenn Alex überhaupt sein richtiger Name ist. So ein wendiger, kleinwüchsiger Typ. Man sagt, er hat in Las Vegas als Zauberer in einer Show gearbeitet. Dann ist er dort gefeuert worden, hat noch einige Monate als Taschendieb die Spielertouristen ausgenommen und schließlich Hausverbot bekommen. Jetzt sorgt er hier und da mit kleineren … äh … gelegentlichen Mitnahmen für sein Auskommen. Eigentlich ein netter Fall für euch!«

»Und er hat Peters Kamera gestohlen?«

»So sieht es jetzt aus. Kurz nachdem Peter weg war, habe ich ihn an der Hafenmole dabei beobachtet, wie er hereinkommende Schiffe fotografiert hat. Ich habe mir gleich gedacht, dass da wieder mal etwas nicht stimmt.«

»Die Kamera brauche ich unbedingt zurück!«, sagte Justus aufgeregt. »Mir geht es um die Fotos, die darauf sind. Vielleicht haben sie etwas mit Peters Problemen zu tun, ohne dass wir es wissen. Wo finde ich diesen Alex?«

»Ich weiß es nicht«, sagte Rubbish George. »Er taucht auf und verschwindet wieder. Meistens vollkommen unerwartet. So wie es oft ist im Leben …« Rubbish George sah auf das Wasser und dachte nach. »Frag mal nach bei *Booksmith,* dort hat er sich auch schon bedient.«

Booksmith war ein kleiner Buchladen in Rocky Beach. Bob schaute dort öfter vorbei. Justus nahm sich vor, dem Inhaber, Mr Smith, auf dem Rückweg einen Besuch abzustatten. Doch zunächst wollte er zum Hafencafé. Er nahm noch einen kleinen Schluck und schüttete den Rest aus dem Becher ins Meer. »Ich muss los. Vielen Dank, George. Auch für den ausgezeichneten Kaffee. Und wenn du diesen Alex triffst, sperr ihn in dein Boot ein, bis ich da bin!«

Rubbish George grinste. »Sehr wohl, Herr Detektiv.«

Geschickt kletterte Justus vom Boot und machte sich auf den Weg in das Café. Was Rubbish George erzählt hatte, beschäftigte ihn sehr. Eine Menge Leute interessierten sich für Peter, er musste in eine seltsame Geschichte geraten sein. Am wahrscheinlichsten war es nach wie vor, dass man Peter verwechselte. Bloß mit wem? Justus öffnete die Tür zum Café. Ein paar Leute frühstückten, doch an der Theke saß niemand. Der junge Mann dahinter trocknete gerade ein Glas ab. Justus setzte sich an die Bar und sprach ihn an. »Hi! Ich bin Justus Jonas und hätte da ein paar Fragen.«

Der Mann sah auf. »Fragen habe ich schon genug beantwortet. Möchtest du auch was trinken?«

»Nein danke.«

»Dann gibt's auch keine Antworten.«

»Okay, einen Kaffee … nein, lieber ein Wasser.«

»Ein Wasser der Herr, sehr wohl. Mit oder ohne Kohlensäure?«

»Ah, mit.«

Der Mann stellte Justus eine kleine Flasche und ein Glas auf den Tresen. »Na, was gibt's denn?«, sagte er schon etwas freundlicher.

»Mein Freund war gestern Abend hier«, begann Justus, doch er bekam den Satz nicht zu Ende.

»Der mit dem schwarzen T-Shirt, ein Jogger und ehemaliger Kamerabesitzer«, sagte der Mann, »ich weiß, ich fühle mich schon langsam wie ein Auskunftsbüro. Du bist bereits der Vierte, der nach ihm fragt.«

»Wer war denn vor mir da?«

»Zwei unsympathische Typen. Gestern, kurz nachdem dein Freund gegangen war. Sie wollten wissen, wo sie ihn finden können, da sie sich verpasst hätten und er angeblich noch Geld von ihnen bekommt. Ich habe sie nach Sun Beach geschickt, dem Strand weiter oben im Norden. Die sind abgehauen, ohne sich zu bedanken. Dann kamen noch ein Typ im Jackett und später ein Polizist. Inspektor sogar. Dem habe ich das alles bereits erzählt. Auch von der Kamera. Hat dein Freund seinen Fotoapparat wiedergefunden?«

»Er wurde ihm hier gestohlen«, sagte Justus. »Haben Sie etwas beobachtet?«

Der Mann schüttelte den Kopf. »Das hat mich dein Freund auch schon gefragt. Nein. Ich schenke Getränke aus, kassiere, da kann eine Menge passieren, ohne dass ich es mitbekomme.«

»Kennen Sie einen gewissen Alex?«

»Alex, der Junge aus Las Vegas? Ja, der treibt sich manchmal am Hafen rum. Jetzt, wo du es sagst: Der war gestern auch hier … Aber sag endlich mal, warum sind alle hinter deinem Freund her?«

»Man hat ihn mit einem Popstar verwechselt«, sagte Justus trocken und bezahlte.

Er verließ das Café und lief hinüber zu der Tauchschule, bei der er sein Fahrrad abgestellt hatte. Nun war klar, dass die Begegnung mit den Männern, die auf Peter geschossen hatten, nicht erst zufällig am Strand zustande gekommen war. Was auch immer vorgefallen sein musste, es war vorher geschehen. Vielleicht hier am Hafen. Er musste unbedingt diesen Alex finden. Nicht nur wegen der Kamera, womöglich hatte er auch etwas Wichtiges beobachtet. Der Erste Detektiv schwang sich auf sein Rad.

Auf dem Weg in die Innenstadt fuhr Justus am Park vorbei, der in der Nähe des Hafens lag. Schon auf dem Hinweg war ihm die riesige Rampe aufgefallen, die man für das Treffen der Skateboarder errichtet hatte. Mehrere Freiwillige schraubten noch weitere Anlagen zusammen, die alle bis zum Nachmittag fertig sein sollten. An einer Bretterwand hing ein Plakat. Als Höhepunkt, las Justus, wollte Jack »T« Zack zwei nebeneinander aufgestellte Schulbusse überspringen, und weitere mutige Teilnehmer waren eingeladen, es ihm nachzutun oder andere Tricks zu zeigen. Peter hatte sich für die Challenge extra neues Material gekauft. Doch unter den gegebenen Umständen war an seine Teilnahme natürlich nicht zu denken.

Justus gönnte sich einen kurzen Moment und sah fasziniert ein paar Jungen zu, die sich auf einem Nebengelände eingefunden hatten. Die Sprünge, die Justus beobachtete, waren eindrucksvoll. Ein Fachmann war er zwar nicht, aber er sah einige perfekt vorgetragene Frontside-Double-Kickflips, bei denen sich das Board in der Luft zweimal um sich selbst dreht, und auch den Smith-Grind kannte er, weil es Peter beim Üben dafür auf dem Flatrail, einem schmalen Hindernis, schon mal kräftig hingehauen hatte. Das war keine Welt für Justus, zumindest nicht, wenn es über das Zuschauen hinausging.

Obwohl sich Justus vollkommen desinteressiert gezeigt hatte, als Peter ihm ein paar Tricks erklären wollte, hatte er gar nicht anders gekonnt, als sich die Namen zu merken. Justus behielt immer alle möglichen Dinge im Gedächtnis, das ging fast von allein. Natürlich kannte er auch Jack »T« Zack, doch vor Peter spielte er gern mit seinem Ruf als sportlich ahnungsloser Freund.

Einige Meter weiter fiel Justus eine jüngere Frau auf. Sportlich gekleidet stand sie am Rand des Areals und schien ebenfalls den Fahrern zuzusehen. Nach einigen Sekunden trafen sich aber ihre Blicke, sie hatte also nicht nur die Fahrer im Auge. Justus ließ seinen Blick betont achtlos weiterschweifen und sah dann noch einmal genauer hin: In ihrem Ohr steckte ein kleiner Kopfhörer. Genoss sie nur Musik oder hatte das mehr zu bedeuten?

Ein dunkelhaariger Junge rollte auf sie zu und wechselte ein paar Worte mit ihr. Er fuhr weiter und setzte zu einem Hart-Flip an, ein schwieriger Sprung, bei dem sich das Board längs um sich selbst dreht. Sie lachte und klatschte Beifall. Justus sah dem Jungen noch kurz zu und wandte sich dann ab. Als er auf sein Fahrrad stieg, drehte sich wie zufällig ein Mann zur Seite, der offenbar ebenfalls die Szenerie beobachtet hatte. Justus hatte sein Gesicht kaum gesehen, aber irgendwie kam ihm der Mann bekannt vor. Doch jetzt war der Beobachter hinter einer Eisbude verschwunden. Justus stieg in die Pedale und rollte um das Hindernis, aber von dem Mann fehlte jede Spur. Nachdenklich fuhr Justus weiter.

Wenige Minuten später hatte er das Zentrum von Rocky Beach erreicht. Die Buchhandlung *Booksmith* war ein alteingesessenes kleines Geschäft, die älteste Buchhandlung der Stadt. Sie lag in der Santa Monica Street. Seit Mr Smith den Laden von seinem Onkel übernommen hatte, war das Geschäft deutlich im Aufwind. Vor allem Bob ging gern hierhin – wegen der Bücher, aber auch wegen Lesley, die hier seit einiger Zeit arbeitete.

Justus schloss sein Fahrrad ab und betrat den Verkaufsraum. Mr Smith sortierte gerade Bücher ein und wandte sich um. »Guten Morgen! … Wenn ich mich recht erinnere, bist du ein Freund von Bob … Justus, oder?«

Justus nickte. »Ich weiß, er ist öfter hier als ich. Ich habe auch nur eine Frage. Kennen Sie einen bestimmten Alex? Das ist so ein Typ, der sich ab und zu in Rocky Beach herumtreibt. Ich habe gehört, er habe hier Bücher entwendet.« Mr Smith legte die Romane zur Seite. »Was hast du denn mit dem zu schaffen? Entwendet ist nicht das richtige Wort. Er hat mir welche angeboten. Aber ich habe sie nicht gekauft, da mir ihre Herkunft verdächtig erschien. Ich habe sogar die Polizei eingeschaltet, aber das ist im Sande verlaufen.«

»Wissen Sie, wo ich diesen Alex finden kann?«

Mr Smith überlegte. »Ein paar der Bücher hatten einen Preisaufkleber einer Buchhandlung aus Marina del Rey. Und es lag eine Rechnung aus einem günstigen Hostel zwischen den Bänden, ebenfalls Marina. Aber das habe ich schon der Polizei gesagt.«

»Vielen Dank, Mr Smith.« Justus war für jeden noch so geringen Hinweis dankbar. Er sah auf die Uhr. Seine Befragungen hatten länger gedauert, als er vorgehabt hatte. Nun konnte er entweder nach Marina del Rey fahren, um seine Recherchen weiter zu betreiben, oder bei Bob und Peter nach dem Rechten sehen. Er verschob die Entscheidung auf draußen und verabschiedete sich von Mr Smith.

Auf der Straße wollte Justus sein Handy hervorziehen, um in der Zentrale anzurufen, doch dann fiel ihm ein, dass er es am Abend zuvor ebendort hatte liegen lassen. Also schwang er sich auf sein Fahrrad und wählte die Richtung zurück zum Schrottplatz. Nach Marina del Rey würde er es mit dem Rad in einer knappen Stunde schaffen, mit Bobs VW wäre er viel schneller. Denn Justus war ein Gedanke gekommen, dem er unbedingt nachgehen wollte, auch wenn die Erfolgsaussicht nur gering war: Alex hatte gestohlene Bücher in Rocky Beach verkaufen wollen, die aus Marina stammten. Dann bot er ja umgekehrt vielleicht eine in Rocky Beach gestohlene Kamera in Marina del Rey an? Dort gab es einen bekannten Fotoladen, der auch gebrauchte Geräte an- und verkaufte.

Als Justus in die Straße bog, an der Titus Jonas' Gebrauchtwarencenter lag, spürte er sofort, dass irgendetwas nicht stimmte. Ein ihm unbekannter Mann mit Jackett schloss gerade das schwere Tor. Er ging hinüber zu einem bereitstehenden Wagen mit laufendem Motor, in dem bereits andere Personen saßen, und stieg auf der Beifahrerseite ein. Dann schoss das Auto davon.

Justus starrte ihm hinterher. Das war doch Peter auf dem Rücksitz des Wagens?

Ein alter Fall

Wenige Sekunden später hatte Justus den Schrottplatz erreicht. Mit einem Satz sprang er vom Rad, drückte das Tor auf und erschrak: Im Hof sah es aus wie auf einer Müllhalde! Kotflügel, Eimer und andere Blechteile lagen auf dem Boden verstreut, ein Kühlschrank war umgestoßen worden. Was Justus aber am meisten beunruhigte, war die Ursache für dieses Durcheinander: Durch den Schrott, unter dem die Zentrale versteckt war, hatte jemand eine Schneise geschlagen! Der Eingang des Campingwagens war freigelegt worden. Die Tür war angelehnt und knarrte leicht im Wind.

»Peter!«

Keine Antwort. Justus sah sich um. Wo waren die anderen? »Bob! Tante Mathilda!«

Nichts. Justus rannte los. »Peter! Wo steckst du?« Mit einem Ruck zog er die Tür auf und sprang in die Zentrale. Peter war nicht mehr da. Doch die Besucher hatten nicht nur nach Peter gesucht, auch sämtliche Unterlagen der drei Detektive waren aus den Regalen gerissen worden und lagen verstreut auf dem Boden. Justus würde sich später darum kümmern, Peter war wichtiger. Eine Chance gab es noch: der Geheimgang! Mit etwas Glück konnte Peter sich in das Rohr geflüchtet haben. Justus klappte die Sitzfläche hoch. »Peter! Steckst du da drin?« Doch sein Freund antwortete nicht. Bestürzt verließ Justus den Campingwagen und hetzte zurück auf den Hof. Gerade als er im Wohnhaus weitersuchen wollte, hörte er jemanden seinen Namen rufen. Justus fuhr herum. Es war Bob. Zusammen mit Tante Mathilda kam er gerade von der Straße auf den Schrottplatz. Bob sah ebenso niedergeschmettert aus wie Justus selbst.

»Bob! Was ist passiert?«

»Es war der amerikanische Geheimdienst«, sagte Bob. »Sie haben gesagt, sie müssten wegen einer Bombe den Platz räumen. Wir hatten keine Chance. Sie haben uns nach draußen in Sicherheit gebracht und den Schrottplatz abgeriegelt.« Sein Blick fiel auf die Zentrale. »Sie haben Peter, oder?«

»Sieht so aus«, sagte Justus. »Vielleicht ist ihm aber auch die Flucht gelungen. Auf jeden Fall müssen wir Inspektor Cotta informieren!«

Tante Mathilda starrte die Jungen an. »Kann mir mal einer sagen, was ihr da redet? Wieso Peter? Ich denke, die Polizisten haben eine Bombe gesucht?«

»Ich fürchte, das war nur ein Vorwand«, sagte Justus.

Tante Mathilda schüttelte den Kopf. »Junge, Junge«, sagte sie. »Ich weiß ja, dass ihr immer in seltsamen Dingen herumrührt, aber so etwas habe ich noch nie erlebt. Ich hoffe, ihr wisst noch, was ihr tut!«

»Wir können nichts dafür«, sagte Justus sauer. Ärger mit Tante Mathilda war das Letzte, was er jetzt gebrauchen konnte.

»Das sagt ihr immer!«, gab Tante Mathilda zurück.

»Aber dieses Mal stimmt es!« Justus drehte sich wütend ab. Die Dinge liefen gerade furchtbar schief.

»Meinst du, das waren die Männer, die Peter gestern Abend verfolgt haben?«, fragte Bob und sah Tante Mathilda nach, die verärgert ins Wohnhaus ging, um ihren Mann anzurufen und ihm alles zu berichten.

Justus schüttelte den Kopf. »Das glaube ich nicht. Das müssen andere gewesen sein. Am Hafen habe ich Rubbish George getroffen, und er hat mir erzählt, dass zwei sehr seltsame Typen nach Peter gefragt haben. Aber das waren keine Amerikaner. Von dem Mann an der Theke erfuhren sie, wo Peter joggen war, und folgten ihm. Aber ehrlich gesagt, habe ich keine Erklärung dafür, was hier vor sich geht. Lass uns schnell die Zentrale checken, dort ist alles durchwühlt. Vielleicht fehlt etwas, das uns auf eine Spur bringt.«

Doch bevor sie mit dem Aufräumen anfingen, schaltete Justus den Verstärker an, damit Bob mithören konnte, und rief Inspektor Cotta an. Dieses Mal hatte er Glück. Nicht Mrs Johnsson, sondern der Inspektor selbst hob das Telefon ab. »Cotta.«

»Justus hier, guten Tag, Inspektor. Ich muss ihnen etwas Unglaubliches erzählen.«

»Na, dann leg mal los. Ich habe deinen Anruf erwartet.«

»Warum?«

»Ich nehme an, zu unserer Begegnung gestern Abend im Haus von Mrs Winterfield hast du mir noch nicht alles berichtet, oder? Du hast so seltsam auf mich gewirkt.«

»Da haben Sie recht, Inspektor.« Justus überlegte kurz. »Mein später Besuch dort hing damit zusammen, dass Peter von irgendwelchen Leuten verfolgt wird. Deswegen wollte ich Sie auch anrufen.«

»Also ist es doch Peter. Hätte ich mir denken können.«

»Wir wissen aber nicht, warum! Es muss sich um eine Verwechslung handeln! Peter hatte sich in unserer Zentrale versteckt. Bis eben. Dann sind Männer vom Geheimdienst gekommen und haben ihn mitgenommen – sofern ihm nicht noch die Flucht gelungen ist.«

Ein Moment lang sagte Inspektor Cotta nichts. Justus hörte, wie Papier raschelte. »Sie ist ihm nicht gelungen«, sagte Cotta dann. »Soeben reicht mir Officer Johnsson die Meldung herein, dass wir die Suche nach dem Jungen abbrechen können. Er wurde gefunden. Justus! In was für einer Sache steckt ihr denn da wieder drin?«

»Ich kann es ihnen nicht genau sagen, Inspektor Cotta.«

»Das solltest du aber! Ich fürchte, dieser Fall stellt euch vor Probleme, denen ihr nicht gewachsen seid!«

Justus holte tief Luft. »Sie müssen mir glauben, Inspektor. Wir haben keine Ahnung, was da vor sich geht. Außerdem wird Peter noch von anderen Leuten verfolgt. Wir möchten Sie gern um Ihre Hilfe bitten. Können Sie herausfinden, warum Peter vom Geheimdienst gesucht wurde?«

Cotta machte eine kurze Pause. »Ich glaube dir, Justus«, sagte er dann langsam. »Ihr habt mich noch nie belogen. Na ja, außer wenn es nicht anders ging natürlich. Nun, ich werde sehen, ob ich etwas für Peter tun kann. Aber setze keine allzu großen Hoffnungen in mich. Die Bundesbeamten sagen mir nicht viel. Für sie bin ich nur ein kleiner Polizist aus Rocky Beach. Ich werde nicht vollständig informiert. Ich weiß nur, dass es irgendein Geheimtreffen in Rocky Beach gibt, und alle sind deswegen in heller Aufregung.« Er machte eine kurze Pause und sprach dann sehr leise weiter, so, als ob niemand in seinem Büro mithören sollte. »Officer Johnsson ist mir für diese Tage zugeteilt worden. Als Verbindungsglied der nationalen Beamten zur örtlichen Polizei.«

»Bitte, Inspektor. Können Sie herausfinden, wo Peter steckt? Es muss sich um eine Verwechslung handeln! Peter hat überhaupt nichts Schlimmes gemacht!«

»Ich werde es versuchen«, versprach Inspektor Cotta. »Ich melde mich bei dir.«

»Danke!« Justus verabschiedete sich und legte auf. »Die Sache wird immer mysteriöser«, sagte er. »Wenn nicht einmal Inspektor Cotta etwas Genaueres weiß! Wenigstens ist Peter jetzt vor den schießwütigen Typen sicher. Der Geheimdienst wird ihn irgendwo eingesperrt haben.«

»Aber ein Spaß ist das bestimmt auch nicht. Wir müssen Peter helfen«, sagte Bob. »Doch wie sollen wir das anfangen? An unsere Theorie mit dem Doppelgänger glaube ich langsam nicht mehr. Keiner hat einen Jungen gesehen, der Peter ähnelt.«

»Das stimmt«, sagte Justus und zupfte sich nachdenklich an der Unterlippe. »Wir haben drei Spuren: Wir prüfen die Unterlagen in der Zentrale. Und dann machen wir uns auf die Suche nach Peters Fotoapparat. Als Drittes versuchen wir etwas über dieses geheime Treffen herauszufinden. Dazu ...«

»Du weißt, wo die Kamera ist?«, unterbrach ihn Bob.

»Nicht ganz. Aber das erzähle ich dir gleich beim Aufräumen. Ich bin gespannt, ob noch alles da ist!«

Während Justus berichtete, was er am Hafen erfahren hatte, stellten sie Ordner um Ordner zurück an seinen Platz. Sie arbeiteten eine ganze Weile, und es hatte zunächst den Anschein, als ob alles komplett vorhanden sei. Zum Schluss klaffte nur in dem Regal, in dem sie die Unterlagen ihrer alten Fälle aufbewahrten, eine Lücke.

»Da fehlt ein Ordner«, sagte Bob, »aber welcher?« Inzwischen hatten sie ein solch umfangreiches Archiv, dass es gar nicht mehr so einfach war, den Überblick zu behalten. Justus nahm sich die Liste zur Hand, auf der die drei ??? alle ihre Fälle aufgelistet und durchnummeriert hatten. Nacheinander rief er die Namen auf, und Bob prüfte, ob die Unterlagen da waren. Sie brauchten nicht lange zu suchen.

»*Silver Spider* also!«, verkündete Justus. »Der Ordner ist tatsächlich weg«, sagte Bob. »Das gibt es doch nicht! Unglaublich! Die haben einfach unsere Unterlagen mitgenommen!«

»Aber warum?« Justus erinnerte sich noch recht gut an die Geschichte. Durch einen Beinaheunfall mit dem Auto hatten sie einen Mann aus einem europäischen Land kennengelernt. Sie hatten ihm geholfen, in seiner Heimat eine Verschwörung aufzudecken. Es war ihr erster großer Auslandseinsatz gewesen. »Siehst du irgendeine Querverbindung zu den Dingen, die wir wissen?«, fragte Justus.

Der dritte Detektiv schüttelte den Kopf. »Außer dass damals wie heute der amerikanische Gehcimdienst seine Finger im Spiel hat. Der hatte uns bei *Silver Spider* praktisch für den Auftrag angeworben. Ob beide Fälle zusammenhängen?«

»Cotta hat von irgendeinem geheimen Treffen gesprochen«, sagte Justus. »Du solltest noch mal deinen Vater anrufen. Auch wenn er selbst nichts weiß, so hat er doch viele Kollegen, die zu anderen Themen recherchieren. Und dann fahren wir nach Marina del Rey, um die Kamera zu suchen. Vielleicht enthält sie des Rätsels Lösung oder wenigstens einen entscheidenden Hinweis!«

Das Verhör

Der Raum war kahl. Man hatte sich nicht die Mühe gemacht, die Löcher in den Tapeten und im Linoleumfußboden auszubessern. An der Decke zeugte eine Neonleuchte davon, dass dieser Nebentrakt der burgartigen Anlage einst als Bürogebäude genutzt worden war. Vielleicht hatte sie der Geheimdienst aber auch erst kürzlich für seine Zwecke angebracht – genauso, wie man einen einfachen Holztisch und drei Stühle in den Raum gestellt hatte. Peter saß auf einem Plastikstuhl am Tisch. Von hier aus konnte er durch das Fenster einen Blick auf das Haupthaus werfen, das in einiger Entfernung zu sehen war. Dort sollte am nächsten Tag die Konferenz beginnen, wie Peter mitbekommen hatte. Was für eine Konferenz es war, davon hatte er allerdings keine Ahnung. Er hatte nur dieses Wort aufgeschnappt: »die Oktopus-Konferenz«.

»Sieh mich gefälligst an!«

Peter konzentrierte sich auf den Mann, der ihm gegenübersaß und seinen Namen nicht genannt hatte. Mit stechenden Augen starrte ihn der Mann an. Peter wich dem Blick aus und sah auf den zweiten Mann, der ein Stück weiter entfernt an der Wand lehnte und in dessen Augen ein Hauch mehr Wärme lag. Er trug ein Jackett und hatte sich als Mr Blake vorgestellt.

»Sieh mich gefälligst an!«, brüllte der Mann erneut. »Ich sage äußerst ungern etwas zweimal!«

»Ja, Sir.«

»Weißt du, warum du hier bist?«

Peter überlegte. Die Männer hatten ihn aus dem Geheimgang in der Zentrale gezerrt, ins Auto gestoßen und waren losgefahren. Sie hatten sich als Mitarbeiter des Außenministeriums vorgestellt. Aber das waren keine normalen Beamten. Sie mussten vom Geheimdienst sein und hatten erklärt, dass man ihn befragen wolle. Ansonsten wurde während der Fahrt kein Wort gesprochen.

Schließlich waren sie an eine Toreinfahrt gekommen. Peter kannte das Gelände nicht. Es war ein verborgen im Canyon gelegenes Privatgrundstück, dessen fast schlossartig wirkendes Haupthaus wunderbar in Schuss zu sein schien, während das in europäischer Bauweise erstellte Nebengebäude, das etwa hundert Meter entfernt lag, über die Jahre verfallen war. Peter war in dieses Nebengebäude gebracht worden. Dort musste er alle seine Kleider und Gegenstände abgeben und sich einen weißen Leinenanzug anziehen. Sie hatten ihn in ein kahles Zimmer gesperrt und einige Minuten später in den Verhörraum gebracht.

»Peter Shaw«, sagte der Mann, der gegenüber von Peter saß. Er wirkte bullig und reizbar. »Na, dann erzähl mal. Leg los, mein Junge. Das macht es für uns alle einfacher.«

Peter spürte, wie die Wut in ihm hochstieg. Er hatte

keine Ahnung, was hier vor sich ging, und wurde behandelt wie ein Schwerverbrecher. »Was soll ich denn erzählen?«, sagte er und fügte patzig hinzu: »Was ich heute gefrühstückt habe oder was?«

Der Mann beugte sich vor und zischte: »Pass auf, Kleiner! Ich warne dich! Mit mir treibst du keine Spielchen!«

»Ich weiß ja noch nicht mal Ihren Namen«, sagte Peter mutig. »Warum sperren Sie mich hier ein?«

»Ich stelle hier die Fragen!«, brüllte der Mann und setzte leise hinzu: »Aber diese Antwort kann ich dir geben: Weil du entweder ein dummer kleiner Junge bist oder ein gerissenes Biest!«

Jetzt mischte sich Mr Blake ein, der zweite Mann. »Nenn meinen Kollegen einfach Tony Amoroso«, sagte er ruhig und trat einen Schritt vor. »Peter, es ist besser, wenn du uns alles erzählst. Ich weiß doch, dass es dir eine Last ist. Befreie dich davon.«

Guter Polizist, böser Polizist. Peter hatte von dieser Verhörmethode gehört. Der eine setzte einen unter Druck, während der andere so tat, als sei er nett und verständnisvoll. Aber obwohl er den Trick durchschaute, spürte Peter, dass er bei ihm wirkte. Er wandte sich an Mr Blake und sagte etwas weniger erregt: »Ich habe keine Ahnung, was Sie meinen! Ehrlich nicht. Warum haben Sie mich entführt?«

Amoroso schien durch Blakes Unterbrechung nur noch gereizter. »Du wirst ja schon wieder frech!«, rief er. »Denkst du, wir hätten keine Informationen über dich?! Du bist beileibe kein unbeschriebenes Blatt!«

Blake legte Amoroso die Hand auf die Schulter, als wolle er ihn beruhigen. »Warte, Tony«, sagte er. »Peter, sagt dir der Name Bert Young etwas?«

Für einen Moment war Peter verblüfft. Bert Young. Der Name war ihm tatsächlich bekannt. Mit Young hatten die drei ??? bei dem Fall *Silver Spider* zu tun gehabt.

Tony Amoroso hatte das Gesicht zu einem schiefen Grinsen verzogen. Er schien Peters Gesichtsausdruck nicht als Überraschung zu interpretieren, sondern so, als hätten sie ihn ertappt. »Na?«, fragte er lauernd. »Dann spuck mal aus, was du zu sagen hast!«

Bert Young hatte damals beim amerikanischen Geheimdienst gearbeitet. Plötzlich war Peter die Verbindung zu den beiden Männern klar, auch wenn er nach wie vor nicht wusste, worum es ging. Sie arbeiteten ebenfalls als Agenten. Fieberhaft überlegte er, was er sagen sollte. Eigentlich sprach nichts dagegen, die Bekanntschaft mit Young einzugestehen. Damals hatten sie den Fall sauber gelöst und allen Beteiligten geholfen. Seitdem hatte er den Mann nie wiedergesehen. Doch die Art der Fragerei der beiden Verhörenden irritierte ihn. Es schien nicht so, als ob ihm die alte Geschichte weiterhelfen würde.

»Gib es zu, Kleiner, du hast eine direkte Verbindung zu ihm!«, fasste Amoroso nach.

»Woher sollte ich Mr Young denn kennen?«, wich Peter aus. Amoroso beugte sich zurück. »Na, vom

Kindergeburtstag bestimmt nicht! Wir haben in eurem Schrottwohnwagen alte Unterlagen gefunden, Peter. *Silver Spider.* Na, da staunst du! Aber gut. Wenn du nicht willst, dann machen wir anders weiter. Peter, was hast du in der Felsenbucht gemacht?«

»Felsenbucht?« Was war das denn für ein Themawechsel. Es ging hier ja zu wie auf der Achterbahn. Peter sah irritiert zu Blake.

»Warum warst du dort?«, fragte Blake ruhig. »In der Bucht. Gestern. Sag es uns.«

»Ich … ich … ich habe Vögel fotografiert!«

»Du hast bitte was?!« Tony Amoroso schien sich prächtig zu amüsieren. »Vögel? Du bist ja niedlich! Bist du sicher, dass es keine Blumen waren? Oder vielleicht kleine Wassernixen?«

Peter platzte der Kragen. »Hören Sie! Sie halten mich hier fest und stellen mir seltsame Fragen! Ich habe nichts getan! Ich werde verfolgt und eingesperrt! Man hat auf mich geschossen! Ich habe keine Ahnung, was Sie von mir wollen, ich möchte meine Freunde sprechen, oder Inspektor Cotta! Ja! Bitte rufen Sie die Polizei. Sofort!«

»Junge, Junge, Junge.« Tony Amoroso atmete laut aus. »Das war ja ein richtiger Wasserfall. Nur leider wollen wir das alles gar nicht hören.« Er sah auf seine Armbanduhr. Plötzlich wurde er wieder ernst. »Und wir haben nicht mehr viel Zeit. Weißt du, wenn du so schweigsam bist, müssen wir andere Methoden anwenden. Steh auf!«, brüllte er unvermittelt los. Erschrocken sprang Peter vom Stuhl.

»An die Wand!«

Peter tat, wie ihm befohlen wurde.

»Tony«, sagte Blake beschwichtigend.

»Es ist ganz einfach«, sagte Amoroso mit süßlicher Stimme. »Du stellst dich auf ein Bein, bis du umfällst. Und wenn es eine Stunde dauert!«

»Das dürfen Sie nicht!«, erwiderte Peter.

Mit einem solchen Ruck, dass der Stuhl nach hinten kippte, stand Amoroso auf. Er war gut einen Kopf größer als Peter und hatte Kraft wie ein Bulle. Drohend kam er näher. »Bein hoch!«

Peter zog sein linkes Bein an.

»Höher!«

Peter gehorchte,

»Na also«, sagte Amoroso. »Geht doch! Was hast du in der Bucht gemacht?«

»Ich habe … Vögel …«

»Vögel!« Amoroso holte zum Schlag aus, doch Blake ging dazwischen. »Hör auf, Tony!«

Erst im letzten Moment änderte Amoroso die Richtung des Hiebs. Die Faust fuhr knapp an Peters Kopf vorbei. Peter spürte den Luftzug. Er hatte sich zusammengenommen und war stehen geblieben, ohne mit der Wimper zu zucken.

»Wenn du das Bein runterstellst, schlage ich wieder zu!«, drohte Amoroso. »Und dieses Mal treffe ich! Kannst dich drauf gefasst machen!«

Erst jetzt schossen Peter die Tränen in die Augen. Wo war er da nur reingeraten? Er wünschte sich, seine

Eltern wären da oder Inspektor Cotta. Vor allem sehnte er sich nach Justus und Bob. Hatten sie seine Spur aufgenommen? Als ihn die Männer ins Auto zerrten, hatte er Justus mit dem Fahrrad um die Ecke biegen sehen. Peter verdrehte leicht seinen Oberkörper. Die Hüfte begann zu schmerzen, und der Drang, den anderen Fuß auf den Boden zu stellen, wurde stärker. Tony Amoroso stand vor ihm und grinste ihn an. »Dich werden wir schon noch knacken«, sagte er.

Gefährliches Spiel

Peter sackte das Blut ab. Inzwischen hatte er große Mühe, sich auf einem Bein zu halten. Minutenlang ging dieses Spiel nun schon. Herausfordernd grinste Amoroso ihn an. Er schien nur darauf zu lauern, dass Peter sein linkes Bein zurück auf den Boden stellte, um wie angedroht zuschlagen zu können.

Wie würde Justus jetzt handeln?, schoss es Peter durch den Kopf. Justus würde nachdenken. Weglaufen war nicht möglich, also musste er sein Gehirn einschalten. Der Zweite Detektiv zwang sich zur Ruhe und ließ sich seine Lage durch den Kopf gehen. Die Mitarbeiter des Geheimdienstes hatten ihn gefangen. Sie wollten irgendetwas von ihm, von dem er allerdings nicht wusste, was es war. Es schien mit Bert Young zu tun zu haben, den die drei ??? von früher her kannten. Und sein Aufenthalt in der Bucht spielte eine Rolle. Dort hatte er für den Biologieunterricht Vögel fotografiert. Aber das glaubten ihm die Männer nicht. Sie glaubten ihm gar nichts. Irgendwie musste er herauskriegen, worum es ging. Dann konnte er vielleicht etwas für sich tun. Peter fasste einen Entschluss, auch wenn er wusste, dass es ein gefährliches Spiel war. Sein Plan: Lockangebote gegen Informationen. Er würde mit den Agenten handeln. »Okay«, sagte er.

»Was okay?«, fragte Amoroso lauernd.

»Ich möchte mich setzen.«

»Und dann?«

»Mal sehen.«

»Wie mal sehen?«

»Sie können mich natürlich auch noch hier stehen lassen, bis ich umfalle«, sagte Peter.

»Lass ihn«, sagte Blake von hinten.

Tony Amoroso nickte. »Also los.«

Vorsichtig trat Peter auf und schritt langsam zum Tisch. Sein rechtes Bein fühlte sich steif an. Er hätte sich nie träumen lassen, dass es so anstrengend sein konnte, lange auf einem Bein zu stehen. Und er war sich sicher, dass die Beamten ihn nicht so behandeln durften. Er würde es Inspektor Cotta erzählen. Später, wenn er hier wieder draußen war.

Mit ironischer Höflichkeit zog Amoroso den Stuhl zurück und Peter setzte sich. Der Mann bezog wieder seine Position auf der anderen Seite des Tisches. Kollege Blake lehnte an der Wand und bewegte sich nicht von der Stelle.

»Also gut«, sagte Peter. »Ich kenne Bert Young. Er hat meine Freunde und mich in ein europäisches Land geschickt. Wir sind Detektive. Wir sollten jemandem beistehen.«

»Na, das ist ja immerhin schon ein Anfang«, sagte Amoroso zufrieden. »War mir schon klar, dass man bei dir nachhelfen muss.«

»Was weißt du über Young?«, fragte Blake.

»Dass er damals beim amerikanischen Geheimdienst war, genau wie Sie.«

»Und du weißt auch, dass er die Seiten gewechselt hat?«, fuhr Blake fort. »Er arbeitet nicht mehr für uns.«

Darum ging es also! Peter überlegte blitzschnell, was das bedeuten konnte, und versuchte gleichzeitig, das Spiel mitzuspielen. »Ja. Ich denke … er arbeitet jetzt für das europäische Land und nicht mehr für Sie …« Es war ein Schuss ins Blaue.

Doch beide Agenten nickten. »Jetzt verstehen wir uns, Peter«, sagte Blake ruhig. Solange Peter mit ihnen redete, übernahm offenbar er die Gesprächsführung. Er holte einen Stuhl und setzte sich mit an den Tisch. »Und du hast Young wiedergesehen.«

»Hm.« In Peter arbeitete es fieberhaft. Natürlich hatte er Young nicht wiedergesehen, und er wusste nicht, was seine Befrager überhaupt meinten. »Nicht direkt«, sagte er ausweichend.

Blake nickte verständnisvoll. »Du magst ihn und willst kein Verräter sein, das ehrt dich. Aber im Grunde ist das auch nicht wichtig. Du weißt von der Konferenz? Von *Oktopus?*«

»Hier … in Rocky Beach?«, fragte Peter auf Verdacht.

Blake nickte. »Ja. Im Wohntrakt nebenan.«

»Dachte ich mir doch, dass sie da stattfindet«, sagte Peter und versuchte ein Lächeln. Er tat weiter so, als wüsste er einigermaßen Bescheid. Vielleicht verrieten die beiden Männer noch mehr. »Die Geheimkonferenz. *Oktopus.* Ich habe davon gehört. Ich habe nur nicht ganz verstanden, worum es bei dem Treffen geht.«

»Young hat dir also nicht alles gesagt«, stellte Blake fest. »Das ist typisch für ihn. Nun, das Thema von *Oktopus* ist eigentlich schnell zu beschreiben. Vereinfacht gesagt kommen Wissenschaftler zusammen, um auf der Basis gewisser geologischer Daten ein bestimmtes Gebiet der Erde einem bestimmten Land zuzusprechen. Dort gibt es wertvolle Bodenschätze. Und wir müssen aufpassen, dass dabei alles mit rechten Dingen zugeht.« Er machte eine Pause und sah Peter intensiv an.

Peter spürte den Druck, der von seinem Blick ausging. »Ja, das ist gut so«, plapperte er los und dachte an die Männer, die ihn verfolgt hatten. »Andere Länder mit anderen Agenten passen vermutlich ebenfalls auf, dass alles mit rechten Dingen zugeht.«

»Du bist ein helles Kerlchen«, sagte Blake. »Und in solch einer Situation sollte man wissen, auf welcher Seite man steht.«

»Man hat auf mich geschossen«, sagte Peter.

Blake lehnte sich zurück. »Das wissen wir. Es waren die Russen. Es muss dir einen großen Schreck eingejagt haben. Du hast ja ihr Treffen beobachtet. Wir fragten uns nur, für wen. Aber das hast du nun ja beantwortet. Es ist ja nicht das erste Mal, dass Young Jugendliche für seine Interessen und zum Spionieren eingespannt hat. Vielleicht findet er das unauffälliger. Aber du siehst, welchen Gefahren er dich damit ausgesetzt hat!«

Peter war klar, dass die Geheimagenten davon ausgingen, dass Mr Young, der inzwischen offenbar für das europäische Land arbeitete, ihn für seine Zwecke missbraucht hatte. Nicht klar war ihm, was er angeblich beobachtet haben sollte. Irgendwie schien in der Bucht, in der Peter die Vögel fotografiert hatte, ein geheimes Treffen stattgefunden zu haben. Angestrengt versuchte er sich zu erinnern, ob noch andere Menschen in der Nähe gewesen waren. In der Bucht hatte ein Boot gelegen, oder waren es zwei gewesen? Das Problem war: Er hatte nicht weiter darauf geachtet, da er sich voll auf seine Aufgabe konzentriert hatte.

»Wo ist deine Kamera?«, fragte Amoroso.

Peter schrak aus seinen Gedanken auf. Dass ein Unbekannter seine Kamera gestohlen hatte, würden ihm die Männer nie glauben. Und Amoroso würde wieder ausflippen. Bei jeder Erklärung, die er sich schnell ausdenken konnte, würden die Agenten jemanden dorthin schicken, um seine Angaben zu überprüfen. »Warum haben Sie mich nicht vor den Russen gerettet?«, lenkte er ab. »Sie sind doch angeblich die Guten?«

Damit traf er ins Schwarze. Amoroso wollte schon wieder aufbrausen, doch Blake hielt ihn zurück. »Wir hatten von dem Treffen gehört, aber wir kamen zu spät. Wir haben gesehen, wie ein Junge über die Felsen abgehauen ist. Aber wir waren zu weit weg und haben seine Spur verloren. Wir mussten neu ansetzen und die Russen waren leider schneller. Was hast du in der Bucht beobachtet, Peter?«

Peter überlegte. Er musste etwas dazuerfinden. »Da waren ein oder zwei Boote … und ein paar Leute am Strand.«

»Weiter«, drängte Blake. »Konntest du sie erkennen?«

»Nein«, sagte Peter, »warum wollen Sie das so genau wissen?« Jetzt langte es Amoroso. Krachend schlug er mit der Hand auf den Tisch. »Wir machen hier keine Spielchen!«, brüllte er. »Raus mit der Sprache. Wir haben nicht ewig Zeit!«

Für einen Moment herrschte angespannte Ruhe. Peters Atem ging schneller. Blake und Tony Amoroso wechselten einen kurzen Blick, dann sagte Blake: »Peter ist neugierig, Tony. Er will wissen, wo wir unser Problem haben. Aber ich glaube, Peter ist jetzt auf unserer Seite.« Er sah Peter an. »In vierundzwanzig Stunden ist alles vorbei. So lange werden wir dich ohnehin hierbehalten, also sehe ich kein Problem darin, dir etwas mehr zu erzählen. Wir schirmen den Mitarbeiter, der heute Abend die geologischen Daten an die Wissenschaftler übergibt, vollständig ab. Keiner soll ihn beeinflussen oder unter Druck setzen können, und vor allem soll niemand an seine Daten kommen! Steh mal auf, Peter.«

Blake führte Peter ans Fenster. »Dort in dem schicken Gebäude findet die Oktopus-Sitzung statt. Alle Teilnehmer übernachten in dem Haus. Siehst du die beiden Männer da?« Peter blickte nach unten. In der parkähnlichen Anlage schlenderten zwei Männer und unterhielten sich, ein Farbiger mit einem Basketball-T-

Shirt aus New York und ein Weißer, der ein Hawaiihemd trug.

»Sie bewachen das Gebäude«, sagte Blake. »Weitere Mitarbeiter sind im Park und auch im Haus. Erkennst du einen der Männer wieder?«

»Vom Strand?«

Blake nickte.

»Ihre Männer waren am Strand?«

Blake holte Luft, dann sagte er: »Wir haben eine undichte Stelle. Jemand hat uns an die Russen verraten. Wir wissen nicht, wer es ist.«

»Die beiden waren es, glaube ich, nicht«, sagte Peter. »Aber ich habe fast nichts gesehen.« Er überlegte kurz, wie er jetzt glaubwürdig aus der Situation herauskommen konnte. »Ich hatte den Eindruck, dass man mich entdeckt hatte, und bin ziemlich schnell geflohen. Außerdem war der Abstand sehr groß!«

»Er hatte ein Teleobjektiv«, warf Amoroso von hinten ein.

Blake kratzte sich am Kinn. »Hm. War bei der Gruppe am Strand ein Farbiger?«

Peter versuchte, sich zu erinnern. Er hatte Menschen wahrgenommen, aber war ein Schwarzer darunter gewesen? Eher nicht. Er sagte: »Nein!«

»Warte hier.« Blake verließ den Raum. Wie befohlen blieb Peter am Fenster. Tony Amoroso stand jetzt da wie eine Bulldogge und ließ ihn nicht aus den Augen.

Nach wenigen Augenblicken kam Blake zurück. »Wir werden alle weißen Mitarbeiter, die von den Pausen her für das Treffen infrage kommen, mit einem erfundenen Auftrag durch den Park schicken. Wenn du einen von ihnen erkennst, sage es mir. Es sind drei.«

Peter wartete. Nach einer Weile trat ein sportlich wirkender Mann aus dem Wohnhaus und brachte eine Kiste in das Nebengebäude. Peter hatte ihn noch nie gesehen. Auch nicht den zweiten Kandidaten, einen älteren, fast kahlköpfigen Mann mit herunterhängenden Wangen, der zu einem parkenden Auto lief und etwas auf dem Rücksitz suchte. Der Dritte, ein junger Kerl mit Glatze, trat vor die Hauswand des Tagungsgebäudes und checkte die Fenster.

»Ich weiß es einfach nicht«, sagte Peter. Er wollte nicht wahllos irgendjemanden benennen. Außerdem würde seine Lüge ohnehin schnell ans Tageslicht kommen. »Es war zu weit weg.«

»Schade.« Blake sah Peter direkt in die Augen. »Du verschweigst uns doch nichts?«

»Nein.«

Blake griff in die Seitentasche seines Jacketts und zog einen Gegenstand heraus. Es war ein in ein durchsichtiges Material eingegossener Datenstick. Er reichte ihn Peter.

Peter nahm das Objekt und strich fasziniert über die Kanten des Quaders. Blake beobachtete ihn dabei genau. »Das sind die Originaldaten«, sagte Blake. »Hinter denen alle her sind. Geschützt in einer Art Glas. Auf dem Treffen heute Abend wird es aufgebrochen und die Daten werden für die anwesenden Wissenschaftler kopiert. Du siehst, ich vertraue dir. Hast du so einen Datenstick schon einmal gesehen?«

Peter schüttelte den Kopf.

»Auch nicht in der Bucht? Wurde da ein solcher Stick übergeben?«

»Nein. Aber ich kann es nicht ausschließen.«

»Dann brauchen wir deine Kamera«, sagte Blake. »Und zwar dringend! Wir müssen die Bilder analysieren, die du von dem Treffen aufgenommen hast!«

»Ich … ich muss überlegen«, sagte Peter. Irgendwie hatte er bei alledem ein ganz dummes Gefühl. Blake traute ihm nicht. Aber er traute ihm auch nicht.

»Young hat meine Kamera«, murmelte Peter schließlich.

Blake sah Peter kalt an. »Sperr ihn ein, Amoroso«, befahl er.

Niemandsland

Währenddessen saßen Justus und Bob in der Zentrale der drei Detektive und überlegten, in welcher Reihenfolge sie als Nächstes vorgehen sollten, um das Geheimnis um Peters Verschwinden zu lüften. Ihre Laune war nicht die beste, denn eine richtig heiße Spur hatten sie trotz aller Erkenntnisse nicht in der Hand.

Als Erstes rief Bob seinen Vater an. Um diese Uhrzeit war er in der Zeitungsredaktion. Er versprach, sich ein wenig bei seinen Kollegen umzuhören, und wollte sich wieder melden, wenn er etwas herausgefunden hatte. Bob legte auf und sah Justus an, der in Gedanken versunken an seiner Unterlippe zupfte. »Was ist los?«, fragte Bob. »Wir müssen nach Marina del Rey, die Kamera suchen! Mein Käfer steht leider zu Hause. Am besten, wir fahren mit den Rädern hin.«

Justus winkte ab. »Warte einen Moment. Irgendetwas war … ich komme nicht drauf! Ich habe etwas übersehen.«

»Rubbish George?«, versuchte Bob ihm auf die Sprünge zu helfen. »Hafen? Das Café? Was hast du sonst noch gemacht?«

»Ich war beim Skateboardgelände«, sagte Justus und schlug sich plötzlich mit der flachen Hand an die Stirn. »Na klar! Mir ist dort ein Mann aufgefallen. Ich habe ihn nicht richtig gesehen, aber er kam mir bekannt vor! Jetzt habe ich den Zusammenhang! *Silver Spider!* Die Unterlagen, die fehlen! Es war Bert Young!«

»Der Agent, der uns damals nach Europa geschickt hat?«, fragte Bob. »Das kann doch kein Zufall sein!«

»Bestimmt nicht.« Justus dachte nach. »Peter wird vom Geheimdienst entführt. Die Akten verschwinden. Bert Young ist in Rocky Beach. Aber wo ist der Zusammenhang? – Am besten, wir fahren auf dem Weg nach Marina del Rey noch einmal an der Skateranlage vorbei!«, beschloss Justus. »Vielleicht haben wir ja Glück und finden Young! Los, verschwinden wir hier!«

Da der Schrott vor der Zentrale beiseitegeräumt war, verließen sie den Wohnwagen einfach durch die Tür. Auf dem Hof begegneten sie Onkel Titus, der gerade von seiner Einkaufstour zurückgekehrt war. Auf seinem Pick-up wartete ein sorgsam festgebundener Kleiderschrank darauf, dass er abgeladen wurde. Doch Titus Jonas stand neben seinem Wagen und betrachtete fassungslos die auf seinem Hof herumliegenden Schrottteile. Tante Mathilda hatte ihren Mann ebenfalls gesehen und eilte aus dem Haus. »Ich habe gerade mit Inspektor Cotta telefoniert«, rief sie, »aber er kann uns auch nicht helfen. Titus! Sie haben Peter verhaftet!«

»Wir wissen nicht, warum«, sagte Justus zu seinem Onkel. »Aber wir werden es herausfinden!«

»Verhaftet? Ich dachte, ihr ladet jetzt mit mir den Kleiderschrank ab«, sagte Onkel Titus verblüfft. Offenbar hatte er die Situation noch nicht ganz erfasst. Es ging alles zu schnell.

»Später werden wir dir helfen«, erklärte Justus und schwang sich auf sein Rad. »Jetzt müssen wir los.«

»Halt!«, rief Tante Mathilda streng. »Erst erzählt ihr mir genau, in was für einer Geschichte ihr herumstochert! Inspektor Cotta hat gerade Peters Eltern informiert. Sie setzen sich in das nächste Flugzeug und kommen her!«

Hilflos wanderte Onkel Titus' Blick von seinem beladenen Pick-up zu Justus und dann zu seiner Frau. »Was ist denn nun genau mit Peter passiert?«, fragte er. »Und warum sieht es hier so chaotisch aus? Hat Peter das veranstaltet?«

»Du verstehst wirklich gar nichts, Titus«, sagte Tante Mathilda. »Die Jungs stecken bis zum Hals in Problemen …«

In dem Moment betrat ein Mann den Hof. Er war sportlich gekleidet und hatte kurze, schwarze Haare. Sein Blick streifte über die Gruppe. Justus bemerkte, dass eines seiner Augenlider zu weit nach unten hing. »Ihr sagt keinen Ton über Peter«, zischte Justus leise.

Tante Mathilda sah ihn erschrocken an.

»Glaub mir bitte«, sagte Justus. »Der Mann ist gefährlich.«

Der Mann blickte sich um und kam dann auf die Gruppe zu. Onkel Titus hatte seine Fassung wiedergefunden und trat ihm einen Schritt entgegen. »Sie wünschen?«

»Ich möchte mich nur ein wenig umsehen«, sagte der Mann. Er sprach mit einem harten Akzent.

»Tun Sie das«, sagte Onkel Titus und wollte sich schon wieder abwenden. Doch der Mann blieb stehen. Er deutete auf Justus und Bob. »Wohnen noch weitere Jungen hier?«, fragte er.

Niemand sagte etwas.

»Ich gehe schon mal vor in die Küche«, verkündete Tante Mathilda, drehte sich um und wollte davonstapfen.

Mit zwei Schritten stellte sich der Mann ihr in den Weg. »Madame«, sagte er, »Sie haben meine Frage noch nicht beantwortet!«

»Ich wüsste nicht, was das mit unserem Antiquitätenangebot zu tun hat, Mister!«, sagte Tante Mathilda forsch. »Und nun gehen Sie bitte zur Seite!«

Zögernd machte der Mann den Weg frei.

»Mister, außer uns ist niemand hier«, sagte Onkel Titus. »Und nun sagen Sie mir bitte, ob Sie etwas kaufen möchten. Ansonsten bitte ich Sie, den Platz zu verlassen!«

Der Mann blickte ihn einen Moment lang finster an. »Sie hören von mir«, sagte er dann, drehte sich um und verließ den Hof.

Als der seltsame Besucher das Tor passiert hatte, rannte Justus ihm ein Stück weit nach. Vorsichtig steckte er den Kopf durch den Spalt nach draußen. Er sah gerade noch, wie der Mann in einen dunklen Chrysler stieg und davonfuhr. Dann hörte er Tante

Mathildas Schritte hinter sich. »Ist er endlich weg, Justus?«, fragte sie atemlos. »Ich habe Inspektor Cotta angerufen. Das wird mir alles zu gefährlich. Der Inspektor wird gleich hier sein.«

Aber so lange wollte Justus nicht warten. Er bat seinen Onkel und seine Tante, Cotta alles über den Mann zu berichten. Dann stiegen Bob und er auf die Fahrräder und fuhren los. Sie mussten endlich versuchen, Licht ins Dunkel zu bringen.

Vor Bobs Elternhaus wechselten sie in den Käfer. So kamen sie schneller voran.

Als erstes Ziel steuerten sie den Skateboardpark an, um nach Bert Young zu suchen. Bob parkte den Wagen ein Stück entfernt auf einem Parkplatz und sie liefen den Weg zurück zu der Sportanlage.

Inzwischen herrschte ein noch bunteres Treiben als zuvor. Doch sosehr sich Justus und Bob auch umsahen, von Bert Young entdeckten sie keine Spur. Der Junge und die Frau, die Justus am Morgen beobachtet hatte, waren ebenso nicht mehr da.

Enttäuscht gingen sie zurück zum Wagen, der sich in der Sonne ziemlich aufgeheizt hatte. Bob kurbelte das Fenster herunter und schaltete das Radio ein. »Die erste Spur war schon mal eine Niete«, sagte er und suchte einen anderen Sender.

»Wir haben noch zwei«, sagte Justus. »Deinen Vater und die Kamera!«

Nach Marina del Rey hatten sie zwanzig Minuten zu fahren. Kaum waren sie losgefahren, klingelte Bobs

Handy. Da er am Steuer saß, ging Justus dran. Es war Bobs Vater.

»Hi, Justus. Bob hat mich gebeten, mich ein wenig umzuhören.«

»Er lenkt gerade das Auto, Mr Andrews. Sie können es auch mir erzählen.«

»Nun, ihr habt recht mit eurer Vermutung: Es gibt in der Tat ein geheimes Treffen hier in Rocky Beach! Ein Freund von mir, Journalist, arbeitet an einer brisanten Story. Eigentlich wollte er mir gar nichts erzählen. Ich musste schwören, dass nichts nach außen dringt!«

»Danke, Mr Andrews«, sagte Justus. »Bei uns ist es in guten Händen.«

»Das will ich hoffen. Sonst habe ich einen Freund verloren ... Das Treffen wird organisiert von einer Arbeitsgruppe der UNO, der Vereinten Nationen. Man hat der Zusammenkunft den Namen *Oktopus* gegeben. Es geht um ein unter dem Meer gelegenes Gebiet, in dem bedeutende Methanhydratvorkommen vermutet werden. Methanhydrate sind ...«

»Nein, Sie müssen mir das nicht erklären, Mr Andrews«, unterbrach ihn Justus. »Aber einen Moment, bitte!« Justus wiederholte die Information für Bob.

»Was sind Methanhydrate?«, fragte Bob, doch Justus winkte nur ungeduldig mit der Hand.

Bobs Vater sprach weiter. »Das Problem ist, dass dieser Landstrich hoch im Norden im Niemandsland liegt. Nun versuchen verschiedene Staaten aufgrund geologischer Gutachten zu beweisen, dass ihnen das Gebiet gehört. Unter anderem Kanada, die USA und Russland streiten um den Kuchen. Auch ein europäisches Land ist dabei. Sie wollen sich die Meeresschätze unter den Nagel reißen!«

»Das würde erklären, warum immer wieder der Geheimdienst auftaucht«, sagte Justus. »Jede Regierung hat natürlich ein Interesse daran, sich diese milliardenschweren Vorkommen zu sichern. Mr Andrews, man hat Peter verhaftet.«

»Wie bitte?«

»Ja, amerikanische Geheimagenten haben Peter mitgenommen. Aber wir haben keinen Anhaltspunkt, warum. Inspektor Cotta ist informiert, er weiß aber auch nicht mehr. Haben Sie vielleicht eine Idee, die uns weiterbringen könnte?«

Mr Andrews musste die Information erst einmal verarbeiten. »Nun, ich werde meinen Kollegen fragen. Ich melde mich wieder.«

»Danke, Mr Andrews«, sagte Justus und Bob rief: »Schöne Grüße, Dad!«

Justus steckte das Handy zurück in Bobs Seitentasche. »Um deine Frage zu beantworten, Bob: Bei Methanhydraten geht es um riesige Mengen von Eiskugeln, die am Meeresboden liegen und in denen Methan verschlossen ist. Mit der richtigen Technik kann Methan eine Energiequelle der Zukunft werden. Ein großes Problem sind allerdings die entstehenden Treibhausgase.«

Bob sah ihn kopfschüttelnd an. Manchmal war Justus schneller als googeln.

Justus lächelte und sprach weiter. »Offenbar streiten sich bereits viele Staaten um die Beute. Und damit haben wir unsere Spur. Es muss etwas mit diesem *Oktopus*-Treffen zu tun haben. Irgendwie hat man Peter mit einem Agenten verwechselt!«

»Oder er hat etwas beobachtet, was er nicht sehen durfte«, sagte Bob.

Justus schwieg einen Moment. »Ein guter Gedanke, Bob«, sagte er dann. »Aber was könnte das sein? Umso wichtiger ist es jetzt, dass wir die Kamera finden. Es muss mit Peters Anwesenheit in der Felsenbucht zu tun haben.«

»Wir könnten nachher zu der Stelle fahren und uns ein wenig umsehen«, schlug Bob vor.

»Schauen wir erst einmal nach der Kamera.«

Sie fuhren durch Santa Monica, Venice und erreichten schließlich Marina del Rey. Der Fotoladen lag in der Nähe des Hafens in einer kleinen Seitenstraße. Justus hatte sich an das Geschäft erinnert, weil sich Onkel Titus hier einmal nach einem Preis für ein Objektiv erkundigt hatte, das ihm im Rahmen einer Haushaltsauflösung zugefallen war. Seitdem arbeitete er gelegentlich mit dem Ladeninhaber zusammen. Man bot hier auch gebrauchte Geräte an und der Inhaber kannte sich entsprechend gut aus.

Sie fanden einen Parkplatz in der richtigen Straße und gingen die wenigen Meter zu Fuß.

Das Geschäft war schmal wie eine Röhre. Um die Mittagszeit waren nicht viele Leute da, lediglich zwei

Kunden probierten an den Verkaufstischen Digitalkameras aus. Hinter einem Glastisch, der den Gang abschloss, stand ein jüngerer Mann. Sorgfältig wischte er gerade mit einem Stofftuch eine Kamera ab.

»Das ist Peters Modell, Bob!«, sagte Justus aufgeregt und drängelte sich am ersten Kunden vorbei. »Sir, Sie sind doch der Besitzer des Fotogeschäfts«, rief er laut.

Der Mann nickte. »Bitte schön, die Herren?«

»Haben Sie die Kamera gerade angekauft?«

»Auch das, mein Junge.«

»Hören Sie«, sagte Justus, »bei dieser Kamera handelt es sich mit fast absoluter Wahrscheinlichkeit um ein gestohlenes Exemplar! Sie gehört einem Freund von uns! Darf ich sie mir kurz anschauen?«

Eher erwartungsvoll als verärgert gab der Inhaber des Fotogeschäfts Justus die Kamera.

Der Erste Detektiv schaltete auf den Bildwiedergabemodus. »Sie werden sehen, gleich erscheinen Fotos von Möwen«, sagte Justus und blickte auf das Display. Doch alles, was erschien, war die Meldung: *Kein Bild verfügbar.* Der Chip war leer.

Jeder gegen jeden

Tony Amoroso stieß Peter in das Dachzimmer und drückte die Tür von außen zu. Peter hörte, wie der Schlüssel im Schloss gedreht wurde, als Blake aus dem anderen Raum rief: »Tony! Schnell, der Chef will uns sehen!« Eilige Schritte entfernten sich.

Peter sah sich um. Man hatte den Raum notdürftig zu einer Gefängniszelle umfunktioniert. Normalerweise war der Geheimdienst hier wohl nicht zu Gast. Der Raum hatte weiß gestrichene Wände, an einer von ihnen hatte man eine Holzpritsche aufgestellt. In einer Ecke stand noch ein kleiner Rollcontainer, wie man ihn in Büros unter Schreibtischen benutzt. Die drei Fächer waren achtlos herausgezogen worden. Auf die Bodenreinigung hatte man verzichtet, und Dreck knirschte unter den Plastikschlappen, die man Peter gegeben hatte.

Am meisten interessierte Peter das Fenster, das in einer Schräge in der Zimmerecke angebracht war. Es war sehr schmal. Justus hätte nicht hindurchgepasst. Doch er, Peter, hatte durchaus Chancen. Und vergittert war es nicht. Peter trat näher und klappte einen Flügel auf. Sein Blick fiel auf ein kurzes, steil abfallendes Dach. War es möglich, sich hier abzurollen und dann hinunterzuspringen? Sofort verwarf er den Gedanken. Der

Raum lag im dritten Stock. Es schien unmöglich, heil unten anzukommen.

In unmittelbarer Nachbarschaft des Hauses erhob sich eine Felswand, über der der Berg, an dessen Hang die beiden Gebäude lagen, weiter anstieg. In vielleicht fünf Metern Entfernung bildete sie eine kleine Plattform. Doch auch die Überlegung, sie mit einem gewaltigen Sprung zu erreichen, verwarf Peter. Das Dach war schon zum Hinabklettern zu steil, erst recht konnte er auf ihm nicht Anlauf nehmen, um solch einen Satz auch nur zu riskieren. Leider bin ich nicht James Bond, dachte Peter. Der kommt aus allem raus! Enttäuscht wandte er sich ab. Auf ein Vergittern der Fenster hatten seine Gefängniswärter also getrost verzichten können. Doch Peter wollte fliehen. Diese Männer hielten ihn hier einfach fest, wegen nichts. Irgendetwas stimmte an der ganzen Sache nicht, und Peter wollte wissen, was. Aber dazu brauchte er seine Freunde, Justus und Bob, die sich bestimmt schon große Sorgen um ihn machten.

Peter drehte dem Fenster den Rücken zu und begann eine exakte Untersuchung des Raums, in dem er gefangen war.

Als Erstes nahm er sich den Rollcontainer vor. Wie nicht anders zu erwarten, waren alle Fächer leer. Nur in der untersten Schublade lag eine alte, vergilbte Zeitung. Peter drehte den Container auf den Kopf. An seiner Unterseite befanden sich vier angeschraubte Räder. Dann untersuchte Peter die Schlafpritsche, ein einfaches Holzgestell, auf das Bretter genagelt waren. Unter ihr lag lediglich eine leere Coladose. Peter blieb auf dem Boden und robbte los, um zu sehen, was sich alles auf ihm abgelagert hatte. Neben vertrockneten Krümeln, Glas- und Holzsplittern und ein paar Papierfetzen fand er zwei Schrauben, eine Büroklammer und den abgerissenen Ohrclip eines MP3-Players. Nicht gerade viel, wenn man einen Ausbruch plante. Peter stand auf und nahm sich jetzt die Tür vor. Der Gang dahinter führte zwar direkt zum Verhörzimmer, doch Blake und Amoroso waren zum Glück ja gerade verschwunden.

Die Tür war massiv, besaß aber nur ein einfaches Schloss. Sie öffnete nach innen. Peter kniete sich hin und sah durch das Schlüsselloch. Auf der anderen Seite war der Schlüssel! Amoroso hatte ihn in der Eile einfach stecken lassen, als Blake ihn rief. Ein Flüchtigkeitsfehler, der sich rächen könnte!

Die Entdeckung ließ Peters Atem sofort schneller werden. Er legte sich auf den Boden. Die Tür ging nicht ganz bis zum Boden und es gab einen schmalen Spalt. Aber ob der reichen würde? Einen Versuch war es wert.

Peter holte die Zeitung und breitete sie vor der Tür aus. Vorsichtig schob er sie durch den Spalt, bis nur noch ein kleines Stück von ihr zu sehen war. Er bog die Büroklammer auseinander und steckte das Ende ins Schloss. Nach wenigen Sekunden hatte er den Schlüssel so weit herumgedreht, dass er ihn zur anderen Seite hinausstoßen konnte. Er wartete. Von den Männern war nichts zu hören. Hoffentlich kamen Blake und Amoroso nicht gerade jetzt auf die Idee, ihn wieder zum Verhör zu holen!

Peter hielt die Luft an: Jetzt kam es drauf an! Vorsichtig drückte er den Schlüssel hinaus. Es gab ein gedämpftes Klingeln, als der Schlüssel auf der anderen Seite der Tür auf die Zeitung fiel. Peter verharrte regungslos ein paar Sekunden. Alles blieb ruhig. Langsam zog er die Zeitung wieder zu sich herein. Der Schlüssel war auf dem Papier liegen geblieben. Peter hörte es an dem leisen »Klock«, als er von außen die Tür berührte. Das bedeutete aber auch, dass der Spalt nicht hoch genug war! Peter legte sich auf den Boden und sah durch die Ritze. Da lag der Schlüssel, fünf Zentimeter von ihm entfernt, und doch kam er nicht an ihn heran!

Enttäuscht richtete sich Peter auf. Er packte den Türgriff und drückte die Tür nach oben. Ein wenig Spiel zum Rahmen hatte sie! Noch konnte er hoffen! Während er presste, zerrte Peter mit dem Fuß vorsichtig die Zeitung zurück. Er hörte ein leises Schaben. Dann tauchte der Schlüssel tatsächlich auf!

Mit zitternden Händen nahm ihn Peter an sich und steckte ihn ins Schloss. Es hatte geklappt! Frei war er noch nicht, aber die erste Hürde war geschafft!

Er öffnete die Tür und schlich vorsichtig den Gang entlang. Ein weiteres Zimmer ging von ihm ab. Peter prüfte die Klinke, doch die Tür war verschlossen. Nach wenigen Metern hatte er die Tür zum Verhörzimmer erreicht. Leise Stimmen drangen in den Gang. Es waren

Blake und Amoroso – Mist, die beiden waren zwischenzeitlich zurückgekehrt! Hoffentlich würden sie ihn jetzt nicht suchen. Dann wäre alles vergebens gewesen!

»… ich traue ihm nicht, Blake. Der Kerl ist doch nicht sauber! Er muss was gesehen haben, und er kennt Young!«

Peter stockte der Atem. Sie unterhielten sich gerade über ihn. Nun antwortete Blake. »Ja, er ist seltsam … Aber als ich ihm den Datenstick gezeigt habe, hatte ich den Eindruck, dass er ehrlich überrascht war.«

»Vielleicht schauspielert er gut! Der ist durchtrieben! Weißt du, am liebsten würde ich die Wahrheit aus ihm herausprügeln!«

»Das gäbe nur Ärger! Ärztliche Atteste, Gerichtsverfahren, darauf habe ich nun wirklich keine Lust!«

»Ach Blake, du weißt doch, wie das geht. Wir sagen, er sei gestolpert und hingefallen. Und wir sind zwei Zeugen, er ist allein! – Aber warum hast du ihm den Stick gezeigt? Das Risiko ist doch viel zu groß! Wenn er jemandem was verrät!«

»Tony! Wie soll er denn etwas verraten? Wir sperren ihn so lange ein, bis die ganze Sache vorbei ist!«

»Und danach?«

»Dann glaubt ihm doch kein Mensch. Ein sechzehnjähriger Spinner, der zu viele Agentenfilme gesehen hat.«

Ein paar Sekunden sagte niemand etwas. Peter dachte schon, die Männer würden ihn holen. Doch die Schritte, die er hörte, kamen nicht zur Tür. Blake seufzte und fuhr fort: »Aber du hast recht. Leider drängt die Zeit. Wir müssen wissen, wer die undichte Stelle ist!«

»Vielleicht haben die Russen die Daten schon, dann ist für uns alles verloren.«

»Tony, es war auch für unsere Spezialisten nicht einfach, die Daten zu fälschen. So schnell können die Russen nicht sein. Außerdem müssen sie den Stick dem UNO-Beauftragten wieder unterschieben. Das geht nur über unseren Verräter. Ach, am liebsten würde ich das ganze Team austauschen! Wenn wir alle Leute ersetzen, entfernen wir damit automatisch auch unsere undichte Stelle! Doch dazu haben wir keine Zeit mehr. Wo sollen wir so schnell neue Mitarbeiter herbeischaffen und einweisen?«

»Wir können auch auf die Überwachung verzichten«, sagte Amoroso. »Das ist immer noch besser, als mit so einem faulen Ei zu arbeiten. Ich werde den Beauftragten persönlich begleiten!«

»Das wird ihn nerven«, sagte Blake, »wir müssen unauffälliger vorgehen. Man soll nicht den Eindruck haben, dass der amerikanische Geheimdienst das Treffen der Wissenschaftler unter Kontrolle hat.«

»Ich bin für den geradlinigen Weg, Blake. Du immer mit deiner Vorsicht! Wieso hast du eigentlich die Originaldaten nicht einfach vernichtet? Die brauchen wir doch nicht mehr.«

Blake schwieg einen Moment. Dann sagte er: »Man weiß nie, was passiert. Wenn unsere Fälschung auffliegt, können wir es immer noch den Europäern oder Russen in die Schuhe schieben und sagen, wir hätten die Daten gerettet. Dann haben wir wenigstens einen moralischen Vorteil.«

»Du bist echt clever«, sagte Amoroso. »Weißt du, wir passen richtig gut zusammen: Du denkst an alles, und ich packe die Dinge an! Ich werde mir den Jungen noch mal vorknöpfen! Dieses Mal aber eine Runde härter! Du wirst sehen, der wird uns schon verraten, wer von unseren Leuten der Doppelagent ist! Und was unser alter Kumpel Young dabei für eine Rolle spielt, das interessiert mich ebenfalls brennend!«

Ein Stuhl wurde zurückgeschoben und Schritte näherten sich der Tür! Es ging so schnell, dass Peter kaum reagieren konnte. Er stand da wie erstarrt. Es war vorbei, sie hatten ihn! Und er hatte verbotene Sätze mitgehört!

Die Türklinke wurde heruntergedrückt, doch sie verharrte in ihrer Position. Die Tür öffnete sich nicht. Drinnen hatte ein Handy geklingelt. Peter wagte kaum zu atmen.

»Ja? Blake hier … Was? … Okay … Wir kommen. – Tony! Peter verhören wir später. Einer der Wissenschaftler macht Ärger!«

Die Türklinke glitt wieder nach oben. Peter hörte davoneilende Schritte, eine Tür schlug zu, dann war alles ruhig.

Es dauerte ein paar Sekunden, bis Peter seine Chance begriff. Der Weg war frei. Zumindest bestand die Möglichkeit, zu entkommen. Während er vorsichtig die Tür zum Verhörzimmer öffnete, schossen ihm mehrere Gedanken durch den Kopf. Das, was er gehört hatte, war unglaublich. Irgendein Gebiet sollte einem Staat zugeteilt werden, und wegen der Bodenschätze waren alle Länder scharf darauf. Aber auch die amerikanischen Geheimbeamten hatten die Daten gefälscht. In diesem Spiel war keiner besser als der andere. Und er, Peter, war irgendwie mitten hineingeraten.

Er betrat den Verhörraum. Schräg gegenüber war die Tür, die ins Freie führen konnte. Doch sein Blick blieb an einem Gegenstand hängen, der auf dem Holztisch lag: dem Stick mit den Originaldaten! Diese arroganten Kerle fühlten sich einfach zu sicher, aber unterschätze nie ein Fragezeichen! Kurzentschlossen schnappte sich Peter den Glasblock und rannte zur Tür. Nichts wie raus hier! Er drückte die Klinke, doch der Ausgang war verschlossen! Peter untersuchte das Schloss. Es war von besserer Qualität als das in seinem Eckzimmer. Ohne sein Detektivwerkzeug war hier nichts zu machen. Und das hatten ihm die Beamten abgenommen! Er eilte zum Fenster und schrak zurück. Draußen liefen gerade Blake und Tony Amoroso zum Haupthaus hinüber. Zum Glück hatten sie ihm den Rücken zugewandt. Abgesehen davon, dass das Dach hier genauso steil war wie vor dem Fenster des Gefangenenraums, war er auf dieser Seite des Hauses auch noch den Blicken der Agenten ausgesetzt. Das Fenster war also keine Alternative. Peter lief zurück und rüttelte verzweifelt an der Tür. Doch auch wenn er es nicht wahrhaben wollte, sie blieb verschlossen.

Ein paar Sekunden wusste Peter nicht mehr, was er machen sollte. Er stand einfach mitten im Raum und kratzte sich nervös die Hände. Dann zwang er sich zur Ruhe und begann, den Raum nach Gegenständen abzusuchen, die ihm weiterhelfen konnten. Aber er fand nichts, denn auch der Verhörraum war bis auf den Tisch und die Stühle kahl und leer. Also zog sich Peter in sein Zimmer zurück. An Prügeln von Amoroso hatte er keinen Bedarf. Wenn er wenigstens den Felsen erreichen könnte!

Plötzlich hatte er eine Idee. Eine vage Idee, doch er wollte sie überprüfen.

Als Erstes schloss er das Zimmer von innen ab. Falls die beiden Geheimagenten zurückkamen, würde ihm das wertvolle Sekunden bringen. Dann ging er ans Fenster und sah hinaus. Er befand sich ja in einem Eckzimmer. Das etwa vier Meter lange Dach führte nach unten und besaß genau neben seinem Fenster eine Kante, an deren beiden Seiten sich die Dachflächen des Längs- und des Endteils des Hauses anschlossen. Am Ende lief die Kante fast rampenartig nach oben aus. Und direkt gegenüber, nur wenige Höhenmeter unterhalb, lag das Felsplateau.

Er brauchte ein Skateboard.

Wenn er sich auf der Kante halten konnte, müsste der Schwung reichen, um mit einem riskanten Sprung auf dem Felsen zu landen. Allerdings hatte er nur einen Versuch.

Peters Plan stand fest. Er würde das Skateboard bauen. Kein richtiges Board natürlich, aber doch eines, das ein paar Meter geradeaus fahren und genug Geschwindigkeit aufnehmen konnte. Das Bett hatte Bretter. Der Bürocontainer hatte Rollen.

Nach wie vor stand der Rollcontainer umgedreht auf dem Boden, und Peter sah, dass die Rollen mit Kreuzschrauben in die Grundplatte des Möbels gedreht waren. Doch wie sollte er ohne Werkzeug die Räder von dem Schrank lösen? Alles, was er besaß, war eine Büroklammer … und er hatte die Coladose! Peter warf sich auf den Boden und schob sie mit dem Fuß unter dem Bett hervor. Vorsichtig löste er den Verschlussring vom Deckel. Er besaß eine kurze, scharfe Kante. Peter passte den Öffnungsring in die Schraube ein und drehte. Ganz vorsichtig erhöhte er den Druck. Die Schraube gab nach. Es klappte! Bald hatte er auch die zweite gelöst, und schließlich hielt er die erste der vier Rollen in der Hand! Er durfte nur nicht zu viel Kraft aufwenden, damit sich der Ring nicht verbog. Und er hoffte, dass Blake und Amoroso ihm genug Zeit ließen.

Als er alle vier Räder vom Container gelöst hatte, drehte er schnell den Holzverschlag zur Wand. Auf vier Längs- und Querbalken waren mehrere etwa einen Meter lange Bretter genagelt. Er zog einen Plastikschlappen aus und schlug von innen mehrfach gegen ein Brett, das ihm geeignet erschien. Es machte Lärm, und Peter hoffte, dass man das draußen nicht hörte. Doch die Wucht der Schläge reichte nur, um das Brett millimeterweise aus der Verankerung zu drücken, sodass Peter beschloss, es mit Fußtritten zu versuchen.

Es war schwieriger als erhofft, doch endlich hielt er ein Brett in der Hand. Das Holz war nicht zu hart, sodass er die Rollen an den beiden Enden des Bretts fixieren konnte. Er musste nur die Schrauben mit dem Daumen, soweit es ging, in das weiche Holz eindrücken, den Rest erledigte er mit dem Dosenverschluss.

Nach einer Weile hatte er es geschafft! Ein Brett mit vier Rädern! Erleichtert hielt er das selbst gebaute Skateboard in den Händen. Doch ob es funktionieren würde, ob es genug an Fahrt gewinnen und den Sprung ermöglichen würde, die metertiefe Schlucht zwischen Haus und Felsplateau zu überwinden, das wusste er nicht.

Plötzlich hörte er auf dem Gang eine Tür zuschlagen. Stimmen wurden lauter. Die letzten Minuten war er so in seine Arbeit versunken gewesen, dass er die Männer fast vergessen hatte. Jetzt kamen sie. Peter sprang auf.

»Das kann doch nicht sein! Wo ist der Schlüssel?«, rief Amoroso. Er war schon an der Tür zu Peters Gefangenenraum.

»Keine Ahnung. Ich habe ihn nicht mitgenommen.« Das war Blake.

»Peter? Bist du da drin?«

Peter überlegte nicht lange. Wenn er nicht antwortete, würden die Männer sofort die Tür einschlagen. »Ja«, rief er, öffnete leise das Fenster und hängte das Skateboard innen an die Fensterbank. »Muss ich schon wieder zum Verhör?«

»Gott sei Dank«, sagte Blake, »er ist noch da.«

Peter hörte ein kratzendes Geräusch, dann rief Amoroso: »Der Schlüssel steckt! Aber von innen!« Wütend schlug er an die Tür. »Du Dreckskerl! Dir werde ich's zeigen!«

Nun wurde es höchste Zeit! Schnell stieg Peter zum Fenster hoch. Die Daten! Er hatte die Daten vergessen! Wo hatte er die bloß hingelegt? Er wollte sie mitnehmen und retten, sie vielleicht irgendwie ihrer richtigen

Bestimmung zukommen lassen, doch die Situation wurde verdammt eng. Sollte er lieber ohne den Stick flüchten?

Peter hörte einen lauten Rums. Amoroso oder Blake hatte sich gegen die Tür geworfen. Doch den ersten Schlag hatte die Tür ausgehalten. Peter wetzte durch den Raum. Das gab es doch nicht! So leer geräumt alles war, der Datenstick war verschwunden! Es gab einen weiteren Schlag an die Tür und der Türrahmen zitterte. Da lag der Stick! Auf dem Boden, hinter dem Rollcontainer. Peter schnappte ihn, jagte zum Fenster und zwängte sich hindurch. Nach wenigen Sekunden stand er vor dem Fenster auf dem Dach. Nun noch das Skateboard nach außen ziehen! Mit einem lauten Krachen brach die Tür aus dem Schloss, schwang herum und donnerte gegen die Wand.

Amoroso entdeckte ihn und stieß einen Schrei aus. »Der Dreckskerl haut ab! Warte, jetzt bist du fällig!« Er rannte auf Peter zu.

Das Skateboard hing immer noch an der Fensterbank. Peter griff durch den Rahmen und riss es hoch. Doch schon war Amoroso zur Stelle und erwischte gerade noch das andere Ende.

Ohne Board war Peter auf dem Dach verloren. Mit aller Kraft zerrte er an dem Brett, aber Amoroso war stärker. Zentimeter um Zentimeter zog er Peter zu sich heran. Da stieß Peter mit aller Kraft das Board Richtung Amoroso. Das Brett traf den Mann am Bauch und Amoroso ließ überrascht los. Erleichtert zog Peter sein

Board durch die Öffnung, bückte sich und setzte es längs auf den abfallenden Dachfirst. Schon war Amoroso wieder da. Durch das Fenster passte er zwar nicht, aber er versuchte, ihn mit der Hand zu packen.

Peter wich ein paar Zentimeter aus. Er konzentrierte sich, so gut er konnte, auf die Strecke: das abfallende Dach, die kleine Rampe, die meterbreite Schlucht und das Ziel, das Felsplateau. Unmöglich war es nicht. Zumindest nicht mit seinem richtigen Skateboard. Wie jedoch dieses zusammenmontierte Bretterteil hier reagieren würde, das wusste er nicht. Plötzlich hörte er Blake brüllen: »Tony! Schnapp dir den Kerl! Egal wie! Er hat die Daten!«

Peter sprang auf das Brett. Es schoss los.

Fotostunde

Enttäuscht starrten Justus und Bob auf das Display der Kamera. Auf dem Chip waren keine Bilder gespeichert. Der Dieb hatte die möglicherweise entscheidenden Aufnahmen gelöscht!

Der Inhaber des Fotogeschäfts grinste Justus und Bob an. »Na? Wo sind denn die Bilder mit den Möwen?« Doch offenbar sah er den Gesichtern der Jungen an, dass sie es ehrlich gemeint hatten, und er sagte freundlich: »In der Kamera war kein Chip. Der Junge, von dem ich sie habe, hat ihn vorher herausgenommen. Ich habe einen neuen eingesetzt.« Justus und Bob wechselten einen Blick. Dann bestand also weiterhin eine Chance, die Fotos zu finden! »Warum hat er denn den Chip entfernt?«, erkundigte sich Bob.

Der Verkäufer nahm einen Akku, öffnete die Kamera und tauschte ihn aus. »Er hat ihn irgendeinem Penner gegeben«, sagte er beiläufig.

»Einem Penner?«

»Einem Stadtstreicher, irgendeinem Typen halt. Ich weiß es auch nicht genau, er hat es nur in einem Nebensatz erwähnt. Nicht in Marina del Rey, sondern irgendwo im Norden. Santa Monica oder Rocky Beach, glaube ich. Aber sagt mal, interessiert ihr euch für die Kamera oder für den Chip?«

»Beides«, erwiderte Justus und hatte es plötzlich eilig. Was der Mann gesagt hatte, konnte bedeuten, dass Rubbish George inzwischen den Chip besaß! »Wir müssen gehen! Komm, Bob!«

Der Mann hielt ihn zurück. »Wenn die Kamera gestohlen wurde, muss ich die Polizei einschalten. Ich habe hundert Dollar dafür bezahlt!«

»Sie ist viel mehr wert«, sagte Justus.

»Ich weiß. Andererseits muss ich ja erst einmal einen Käufer finden. Und wenn eure Geschichte stimmt, dann sind selbst die hundert Dollar weg! Aber der Junge wollte nachher noch einmal kommen und mir ein weiteres Gerät anbieten.«

»Rufen Sie die Polizei von Rocky Beach an. Verlangen Sie Inspektor Cotta! Und richten Sie ihm einen Gruß von Justus Jonas aus. Das bin ich. Dann wird er sofort kommen!«

Damit wandte sich Justus um und die beiden Detektive verließen den Laden. Sie hörten noch, wie ihnen der Inhaber des Ladens ein wenig spöttisch hinterherrief: »Zu Befehl, Mr Jonas! Du scheinst ja unheimlich wichtig zu sein …«

Ungeduldig schob Justus Bob die Straße entlang. »Hör auf, so blöde zu grinsen, Bob! Manchmal muss man den Leuten eben klar sagen, wo es langgeht! Aber jetzt fahren wir zurück nach Rocky Beach. Vielleicht besitzt Rubbish George den Chip mit den Bildern!«

»Es gibt doch noch mehr Stadtstreicher bei uns«,

sagte Bob, »und außerdem ist Rubbish kein richtiger Penner mehr.«

»Aber ich habe mit George gesprochen. Er weiß, worum es geht. Und er ist immer wieder für eine Überraschung gut.«

So schnell es der Verkehr zuließ, fuhren sie zurück in ihre Heimatstadt. Sie passierten Venice, warfen einen kurzen Blick auf den Santa Monica Pier und erreichten den Pacific Coast Highway, den schönsten Highway der Welt. Wenige Minuten später waren sie am Hafen von Rocky Beach.

Da sie keine Zeit hatten, stellte Bob seinen Käfer gleich auf dem bewachten Parkplatz zwischen den teuren Autos der Segelbootinhaber ab. Eilig liefen sie die Bootsstege entlang zu dem kleinen Schiff, auf dem Rubbish wohnte.

»Rubbish?«

Niemand antwortete.

»George?«

Sie zogen das Boot herbei und sprangen an Deck. »Rubbish ist unterwegs«, sagte Justus enttäuscht. Er öffnete die Kajütentür, die Rubbish nie verschloss. Was sollte es bei ihm auch schon zu stehlen geben.

Doch Rubbish George erwartete sie bereits. Er saß gemütlich an einem kleinen Tisch und goss sich Kaffee auf. »Kommt rein, Jungs!«, sagte er gelassen. »Und macht nicht so einen Lärm! Hab keine Lust, dass das Agentengesocks wieder auftaucht!«

Justus und Bob kletterten in den Innenraum und

setzten sich zu George. Drei Tassen standen bereit und Rubbish schüttete Kaffee hinein. »Hier, meine Freunde. Schön, dass ihr vorbeikommt. Ich habe inzwischen nämlich etwas ganz Besonderes für euch organisiert!«

Justus grinste. »Den Fotochip!«

Rubbish sah erstaunt auf. »Manchmal überraschst du mich wirklich, Justus! Woher wusstest du das?«

»Wir waren in einem Fotoladen in Marina del Rey, bei dem der Zauberer die Kamera verkauft hat. Dort haben wir den Hinweis erhalten.«

George trank einen Schluck. »Unterschätze nie einen Justus Jonas.«

»Unterschätze auch nie einen Rubbish George!«, gab Justus zurück. »Wie bist du überhaupt an das Ding gekommen?«

Rubbish kraulte seinen Bart. »Als du heute Morgen weg warst, lief mir Alex, der Zauberer, über den Weg. Ich wusste ja, dass er die Kamera zu Geld machen wollte. Aber die 200 Dollar, die er verlangt hat, konnte ich ihm nicht bieten. Und dir ging es ja in erster Linie um die Bilder. Da habe ich ihm nur den Chip abgekauft … für eine Eintrittskarte für die *L. A. Lakers,* wirklich ein guter Platz!«

»Wo hast du denn eine Basketball-Eintrittskarte her?«, rief Bob erstaunt.

»Nun, das ist eine andere Geschichte«, sagte Rubbish, dankbar, dass er sie erzählen durfte. »Ich habe sie vor ein paar Tagen von einem Mann gegen ein exzellentes Fischermesser eingetauscht, das ich wiederum für einen kleinen Hilfsdienst bekommen hatte, als so ein Möchtegernsegler aus Pasadena vor Rocky Beach auf Grund gelaufen war. Ich fuhr mit dem Hafenmeister hinaus …«

Justus ahnte, dass die Erzählung das Potenzial besaß, Stunden zu dauern. »Wo ist der Chip?«, fragte er dazwischen.

»Ach ja, ich langweile euch.« Rubbish George fasste unter die Tischkante und fuhr prüfend die Fläche mit der Hand ab. »Da ist er. Ich habe ihn da unten versteckt, aus Sicherheitsgründen. Regelmäßig tauchen diese seltsamen Typen am Hafen auf und fragen die Leute nach euch aus. Sie haben mitbekommen, dass ihr mit Peter zusammenhängt. Ein Wunder, dass ihr heil zu mir gefunden habt!« Er knibbelte etwas ab und dann reichte er Justus den Chip. »Bitte schön, Herr Detektiv!«

Justus nahm den Chip und fragte: »Hast du die Bilder gesehen, die auf ihm gespeichert sind?«

George schüttelte den Kopf. »Dazu brauchte ich eine Kamera. Doch damit kann ich im Augenblick leider nicht dienen.«

»Fahren wir in die Zentrale«, schlug Bob vor, »und nehmen unsere kleine Pocketkamera dafür.«

Aber Justus schüttelte den Kopf. »Wenn die Leute, die Peter verfolgen, inzwischen auch hinter uns her sind, wäre das zu gefährlich. Erinnere dich an den Besuch des Russen auf dem Schrottplatz. Wahrscheinlich wird unser Zuhause längst überwacht.«

»Ich könnte euch mein Boot als Ersatzzentrale zur

Verfügung stellen«, bot Rubbish George an. »Und eine Kamera kann ich euch schon irgendwie besorgen.«

Justus und Bob sahen sich in der Kajüte um. »Könnte mir als Ersatz gefallen«, sagte Bob. »Vor allem, weil du es mit der Ordnung auch nicht so genau zu nehmen scheinst.«

»Und Kaffee bekommt ihr zur Genüge«, sagte George. »Aber nun lasst mich mal raus. Ich werde zum Hafenmeister gehen und mir von ihm eine passende Kamera ausleihen.«

Bob nutzte die Pause, um Tante Mathilda anzurufen. Inspektor Cotta war bei ihr gewesen und hatte zur Sicherheit einen Polizisten vor Ort zurückgelassen. Dann telefonierte Bob mit seinem Vater, der allerdings keine Neuigkeiten hatte. Gerade als er das Gespräch beendet hatte, riefen Peters Eltern an. Sie hatten sich auf den langen Rückweg nach Rocky Beach gemacht. Es wurde ein längeres Telefonat, und als Bob auflegte, dachte Justus, dass Georges Boot als vorübergehende Zentrale schon richtig gut dastand.

Schließlich kam Rubbish George wieder zurück. »Es hat etwas gedauert«, sagte er, doch in der Hand hielt er eine kleine Digitalkamera derselben Marke, wie sie Peter hatte. Sie setzten sich an den Tisch und Justus setzte den Chip ein. Dann schaltete er auf Wiedergabemodus. Neugierig beugten sie sich über das Display.

Mehrere Bilder aus dem Hafen erschienen. Alex, der Zauberer, hatte sie fotografiert. Langsam klickte Justus rückwärts. Bald kam das letzte Bild, das Peter aufgenommen hatte. Ein Fels mit Möwennestern. Es folgten drei weitere Bilder, auf denen ebenfalls nichts als Möwen und Felsen zu sehen waren. Peter hatte voll herangezoomt. Doch dann erschien ein Foto, das auch einen Teil der Bucht zeigte.

»Jetzt wird es spannend«, sagte Justus. »Ich hoffe, das sagt uns was.« Am Strand sah man Menschen. Auch ein Teil eines Bootes, das im Meer ankerte, war noch mit auf das Foto gekommen. Justus zoomte näher. Man konnte sogar den Namen des Schiffes entziffern: *Laura.*

»Superpixel«, bemerkte Bob.

»Es sind nicht nur die Pixel, die Peters Kamera so wertvoll machen«, klärte Justus ihn auf, »sondern das gute Objektiv. Wenn das nichts bringt, nutzen dir alle Pixel nichts. Ein nicht auszurottendes Missverständnis.« Mit den Steuertasten suchte er nach den Personen am Strand. Schließlich kamen ein paar Beine ins Blickfeld und Justus klickte nach oben. Das Gesicht erschien. »Das gibt es doch nicht!«, rief er überrascht. »Diese Person habe ich schon einmal gesehen! Was hat das zu bedeuten?«

Auf Hippie-Tour

Ratternd sauste das Skateboard den Dachfirst hinab. Peter hatte alle Mühe, sich auf dem ungewohnten Brett zu halten. Doch nun gab es kein Zurück mehr. Jetzt war er auf der Flucht. Wie in Zeitlupe nahm er ein Geräusch wahr, das wie das Entsichern einer Pistole klang. Noch ein Augenblick, dann kam die Stelle, an der sich das Dach nach außen bog. Peter ging stärker in die Knie, wartete auf den richtigen Moment und sprang genau dann ab, als der Gegendruck von unten kam. Dann war er in der Luft – unter ihm die tiefe Schlucht zwischen Hauswand und Felsen. Und hinter sich hörte er Amorosos wütende Rufe. Die andere Felswand kam näher. Noch hatte Peter Kontakt zu dem Brett. Es musste reichen, ja, es sah gut aus! Jetzt! Krachend landete Peter auf dem harten Untergrund.

Die Rollen knirschten auf dem Stein, aber sie hielten und Peter konnte gerade eben im Gleichgewicht bleiben. Das Plateau war leicht abschüssig und Peter nahm Fahrt auf. Er musste nach links, zu der schmalen Stelle, die an dem Felsen vorbeiführte. Doch lenken konnte er das verdammte Ding kaum und er fuhr direkt auf den Abgrund zu. Da stoben neben ihm Steinsplitter auf und Peter hörte einen Knall. Amoroso hatte auf ihn geschossen! Gerade noch rechtzeitig vor der Felskante sprang Peter vom Brett, schnappte es sich im Fallen und ließ sich zur Bergwand hin abrollen. Er kam wieder auf die Beine und rannte um die Ecke. Jetzt war er außer Sicht. Das Brett unter den Arm geklemmt, suchte er einen Weg. Zwischen dem sperrigen Unterholz führte ein Pfad abwärts, und Peter preschte ihn voran, so gut es in den Plastikschlappen ging. Andererseits war er froh, dass er auf dem Gestrüpp nicht barfuß laufen musste.

Erst nach einer Weile verlangsamte er das Tempo. Er hatte keine Ahnung, wo er sich befand. Inzwischen hatte Blake vermutlich einen Haufen Männer auf ihn angesetzt. Erst jetzt wurde ihm bewusst, dass die entwendeten Daten sein Leben bedrohten. Sollte er sie wegwerfen? Doch das bekam ja niemand mit, es würde ihm also nichts nutzen. Und außerdem … jetzt, wo er in die Geschichte hineingeraten war, wollte er die Daten auch behalten und an die richtigen Leute bringen. Denn die einen Agenten waren nicht besser als die anderen. Jetzt hatten auch die Amerikaner auf ihn geschossen, genau wie die Russen. Er würde es ihnen allen zeigen. Er und Justus und Bob. Doch im Moment wusste er nicht, wie er zu seinen Freunden kommen sollte. Also lief er weiter.

Nach einer Weile erreichte er eine kleine Straße, die hinunter in die Küstenebene führte, und er gönnte sich eine Pause. Die Straße war Chance und Gefahr zugleich. Er konnte vielleicht jemanden finden, der ihn als Anhalter mitnahm, andererseits würden ihn Blakes Männer hier zuerst suchen. Er musste schnell sein, bevor sie sich einen Überblick über die Lage verschaffen und ihre Leute zusammentrommeln konnten. Jetzt, wo er die Daten hatte, mussten sie ziemlich in Rage sein.

Ein Stück weit verlief die Straße geradeaus. Peter stellte sein selbst gebautes Skateboard auf die Straße und sprang auf. Er wurde schneller, und es gelang ihm sogar einigermaßen, sich auf der abschüssigen Straße zu halten. Vor der nächsten Kurve stieg er ab, durchlief sie zu Fuß und stellte sich am Ende der Kurve wieder auf das Brett. Nach der nächsten Abfahrt merkte er, dass die Räder nicht mehr ganz rund liefen. Das war auch kein Wunder, für solch einen Einsatz waren die Rollen nicht gedacht. Da die Straße nun ein Stück ebener wurde, sprang Peter wieder ab und lief zu Fuß weiter. Bisher war er keinem Auto begegnet.

Als er an die nächste Kuppe kam, entdeckte er nicht weit von sich einen alten Campingbus. Auf dem Dach waren mehrere Surfbretter montiert. Er parkte auf einer Wiese und ein Mann mit langen, hinten zu einem Zopf zusammengebundenen Haaren packte gerade eine Klappliege zusammen. Vorsichtig näherte sich Peter dem Platz.

Die Szene wirkte ruhig. Offenbar hatte der Mann eine Rast eingelegt. Aus einem Kofferradio drang alte Surfmusik aus den Sechzigerjahren. Es sah nicht aus wie eine Falle. Dazu war auch zu wenig Zeit verstrichen. Und der Typ mit seinen langen Haaren und dem heraushängenden Holzfällerhemd wirkte nicht gerade wie ein Polizist oder Agent – eher wie ein Hippie aus einem anderen Jahrhundert. Jetzt verstaute der Mann die Liege in seinem Wohnmobil, wobei er sich im Rhythmus der Musik bewegte, und kickte zum krönenden Abschluss übermütig gegen eine leere Dose. In hohem Bogen flog sie auf Peter zu. Jetzt erst entdeckte ihn der Mann.

»Hallo!«, sagte Peter. Er wusste, in seinem weißen Leinenanzug, den dämlichen Plastikschlappen und dem Brett unter dem Arm musste er ein seltsames Bild abgeben. Zur Erklärung würde er sich noch etwas einfallen lassen müssen.

Der Mann starrte ihn an. »Wo kommst du denn her, Junge? Vom Mars?« Dann entdeckte er Peters Skateboard und deutete darauf: »Mann, das ist ja cool! Stammt das aus dem Mittelalter? Hey, ich zeig dir mal, wie die heutzutage aussehen!« Ohne eine Reaktion abzuwarten, wühlte er in seinem Wohnmobil und zog ein abgenutztes Board hervor, das auch schon bessere Tage gesehen hatte. Er ging auf Peter zu und sagte: »Hier. Das ist richtig gute Ware! Drinnen habe ich noch zwei Boards. Willste mal probieren? Und du gibst mir so lange das Wesen aus der Urzeit?«

Peter nickte. Sie gingen das kurze Stück zur Straße und der Typ sprang auf Peters Brett. Er stellte sich gar nicht so schlecht an.

Aber auch Peter verschaffte sich mit ein paar Sprüngen Respekt – zumal er sie in Plastikschlappen vorführte.

Sie stiegen wieder ab und der Hippie kam auf Peter

zu. »Sunny heiß ich. Da staunst du, dass so ein Oldie wie ich auch fahren kann, was?«

Der Mann musste so um die Mitte dreißig sein, vielleicht auch etwas älter. »Skaten ist keine Frage des Jahrgangs«, sagte Peter, »sondern der Einstellung.«

»Ach, echt?«, sagte Sunny und grinste. »Fährst du auch zum Skatertreffen nach Rocky Beach?«

»Klar«, sagte Peter. »Ich heiße Peter.«

»Alles easy, Peter. Komm, steig ein, ich nehm dich mit!«

Sie fuhren los. Sunny stellte keine Fragen. Im Gegenteil. Er redete ohne Punkt und Komma. Erzählte von Skater-Events, seiner Freundin, die ihn verlassen hatte, und dass er es schade fand, dass er die Sechzigerjahre nicht miterlebt hatte. Peter beschränkte es auf ein paar »Ah« und »Oh« und beobachtete die wenigen Autos, die ihnen entgegenkamen oder die sie überholten. Dazu hörten sie laute Surfmusik.

Nach ein paar Meilen fuhr Sunny plötzlich auf den Seitenstreifen.

Peter sah ihn überrascht an.

»Bullen«, sagte Sunny und nickte mit dem Kopf nach vorne, »Polizisten.«

Jetzt erst sah Peter die Straßensperre, die einige hundert Meter entfernt errichtet worden war.

»Ich bin mir nicht sicher, ob du da so einfach durchfahren willst.«

»Du scheinst aber auch alles zu riechen«, sagte Peter möglichst cool.

Sunny gab wieder Gas und bog auf einen Feldweg ein, der in ein Maisfeld führte. »Wenn wir am Straßenrand stehen bleiben, werden die nur neugierig«, sagte er. »Also, spuck mal aus: Was soll das mit deiner Anstaltskleidung?«

Bereits während der Fahrt hatte sich Peter vorgenommen, dass er Sunny unmöglich die wahre Geschichte erzählen konnte. Sie war einfach zu unglaubwürdig und es war auch zu gefährlich. Sunny schien zwar in Ordnung zu sein, aber er kannte ihn kaum. Doch jetzt, wo Sunny ihn darauf ansprach, hatte Peter plötzlich Skrupel, dem Typ, der ihm so unkompliziert geholfen hatte, etwas vorzulügen. »Ich bin von amerikanischen Geheimagenten verhaftet worden, habe ihnen wichtige Daten gestohlen und bin nun auf der Flucht«, fasste er zusammen. »Man hat auf mich geschossen. Sunny, es ist wirklich dringend! Bitte, du musst mich einfach nach Rocky Beach bringen! Die Polizei darf mich nicht erwischen! Sonst gewinnen die Agenten, und das sollen sie nicht. Nicht die Amerikaner, nicht die Russen und auch nicht die Europäer. Keiner von ihnen!«

Sunny lachte. »Du hast wirklich einen an der Waffel, Peter! Wusste ich doch, dass du aus einer Irrenanstalt geflohen bist! So was kann sich wirklich kein Normaler ausdenken! Und dann diese weißen Klamotten … Aber keine Panik. Für Verrückte habe ich was übrig. Zumal wenn sie skaten können.« Er grinste. »Ich krieg dich da schon durch, bleib easy!«

»Es ist aber die Wahrheit!«, sagte Peter.

»Klar stimmt alles, was du sagst«, sagte Sunny nachsichtig. »Komm, Kleiner, jetzt helfe ich dir, die Welt zu retten.«

Polizeikontrolle

Langsam rollte das Wohnmobil auf die Straßensperre zu. Es war eng in seinem Versteck und Peter wagte sich kaum zu bewegen. Hoffentlich konnte er sich auf Sunny verlassen. Sonst saß er in der Falle.

Das Wohnmobil stoppte, und Peter hörte, wie Sunny den Polizisten ansprach. »Hi, Officer! Was gibt's denn?«

»Kontrolle. Wo fahren Sie hin?«

»Rocky Beach, Officer. Da gibt es ein cooles Skater-Event! Ob Sie es glauben oder nicht: Jack ›T‹ Zack tritt auf! Den kennen Sie doch bestimmt! Aber womit kann ich dienen?«

»Haben Sie unterwegs einen Jungen gesehen?«

»Jungen, Jungen, was meinen Sie mit Jungen? Da laufen viele rum. Klar habe ich Jungen gesehen, Mann, ich komme aus Riverano, das ist kein Altersheim …«

»Etwa sechzehn Jahre alt, braune Haare, weiße Leinenkleider …«

»Wer rennt denn so rum? Nein, Officer, definitiv nicht. Das wäre mir aufgefallen.«

»Steigen Sie aus. Ich möchte Ihr Wohnmobil von innen sehen.«

Peter fuhr ein Schauder über den Rücken. Er hatte gehofft, dass Sunny ohne weitere Kontrollen durchkäme.

»Aber gern, Officer. So was finde ich spannend! Kenne ich bisher nur aus dem Kino. Was hat er denn angestellt, der weiße Leinen-Boy? Wollen Sie einen Kaffee?«

Keine Frage, Sunny spielte seine Rolle gut.

»Öffnen Sie bitte die Tür.«

Peter hörte, wie Sunny ausstieg, zusammen mit dem Polizisten um den Wagen lief und auf der anderen Seite die Tür aufklappte, die ins Innere des Wohnmobils führte. Sie traten ein.

»Hochklappen!«

»Die Sitzbank? Aber gerne!«

Nervös drückte Peter den Datenstick, den er in der rechten Hand hielt. Hoffentlich war der Polizist bald zufrieden. »Und hier?«

»Die Duschkabine, Officer, leider nicht sehr sauber, bitte, Sir, Sie entschuldigen das …«

»Schränke …«

»Alles selbst gebaut, Officer! Passgenau zugeschnitten!« Peter hörte, wie Türen auf- und zugeklappt wurden. Inzwischen mussten weitere Autos angekommen sein, denn jemand hupte ungeduldig.

Dann sagte Sunny: »Oh, Officer, das ist mein Bett. Da lasse ich eigentlich niemanden rein!«

»Das kann man doch hochklappen, oder?«

»Kann man, Officer, aber da lagert eine Menge stinkender Wäsche. Ich weiß nicht, ob Sie die wirklich sehen wollen …« Dumpf hörte Peter ein paar Schritte, die auf das Bett zuliefen, und Sekunden später klappte knarrend der Bettrahmen hoch.

Einen Moment lang herrschte Stille.

»Okay.«

»Sag ich doch, Officer. Halten Sie sich lieber die Nase zu. Nicht doch noch einen Kaffee?«

Wieder hupte ein Auto.

»Danke, nein. Sie können weiterfahren!«

Peter hörte, wie die beiden nach vorn gingen.

Plötzlich hielten die Schritte an. »Was ist denn das?«

Mist! Daran hatten sie nicht gedacht. Peters Bastelsatz lag noch im Inneren des Wohnmobils! Wie hatten sie den nur vergessen können!

»Ein Brett mit Rollen, Sir!«

»Das sehe ich. Wozu ist es gut?«

»Officer, darauf transportiere ich Surfbretter und große Dinge. Kanus, Zelte … Sie ahnen nicht, wie schwer es einem das Leben manchmal machen kann!« Er lachte übertrieben laut über sein mäßiges Wortspiel.

Der Officer lachte mit. »Sie sind ein richtiger Tüftler, oder?«

»Ja.« Sunny lachte glucksend weiter. »Das steckt mir gewissermaßen im Blut! Mein Vater war Mechaniker bei Kart-Rennen. Ich bastele auch dauernd an Automotoren herum.«

»Ich fahre ein Motorrad«, erzählte der Officer, »da ist kein Teil mehr original. Aber es fährt wie eine Eins.«

»Wow! Eine Harley?«

»Klar!«

Wieder hupte ein Auto.

Der Polizist reagierte gereizt: »Haben diese Typen

überhaupt keinen Respekt? Die werden mich jetzt kennenlernen!« Er stieg aus dem Wagen. »Also gute Fahrt noch.«

»In Ordnung, Officer. Viel Glück. Und vielleicht sehen wir uns ja mal auf dem Highway!« Sunny setzte sich wieder hinter das Steuer und gab Gas. Langsam schob sich das Wohnmobil auf die Straße und nahm Fahrt auf.

Erst jetzt entspannte sich Peter. Er hatte es geschafft! Fahrtwind drang durch die freien Spalten und wehte in sein Haar. Peter atmete tief ein und aus und genoss es.

Es dauerte noch ein paar gemächliche Meilen, dann erst lenkte Sunny den Wagen auf einen Seitenweg und stoppte. Er stieg aus, ging ans Heck und kletterte aufs Dach. Mit geübten Handgriffen löste er ein paar Schnallen und zog eines der Surfbretter nach hinten weg. »Komm schon raus, du kleiner Irrer!«

Vorsichtig robbte Peter rückwärts. Die Surfbretter hatten ihn vollständig verdeckt. Von unten hatte man nicht ahnen können, dass sich zwischen ihnen ein Mensch verbarg. »Du hast was gut bei mir, Sunny«, sagte Peter, als er wieder auf den Beinen stand.

Sunny ging nicht darauf ein. »Als der Polizist dein Board entdeckte, hätte ich mir in den Hintern beißen können«, knurrte er.

»Ich auch«, sagte Peter. »Aber es ging nicht, weil es so eng war!«

Sie lachten.

Sunny sagte: »Zum Glück hat er das Brett nicht mit

dir in Zusammenhang gebracht. Oder er wurde nicht ausreichend informiert. – Mann, das war knapp. Aber steig ein, wir hauen besser ab.«

Sie kletterten ins Wohnmobil und Sunny steuerte zurück auf die Straße. Gemächlich knatterte der Wagen weiter. Nach einer Weile kam Peter die Gegend bekannter vor, langsam näherten sie sich der Küstenregion. »Hat dein Vater wirklich Kart-Rennen betreut?«, fragte Peter.

Sunny lachte und schüttelte den Kopf. »Er war Buchhändler«, sagte er. »Bald sind wir da. Kennst du Rocky Beach?«

Peter nickte. »Schon. Ich wohne da nämlich.«

»Soso, der kleine Irre aus Rocky Beach«, sagte Sunny.

Als sie einige Zeit später ins Zentrum von Rocky Beach fuhren, fragte Sunny, ob er Peter direkt bei der Skater-Arena absetzen sollte. Peter überlegte kurz. Wahrscheinlich war das am besten. In der Zentrale fühlte er sich nicht mehr sicher. Und in der Nähe der Arena lag der Hafen. Irgendwo von hier konnte er Kontakt zu Justus und Bob aufnehmen. »Okay«, sagte er. »Aber zum Skaten komme ich erst später. Ich muss noch ein paar Dinge erledigen.«

»Die Welt retten, ich weiß. Aber bevor du das tust, gebe ich dir noch ein altes T-Shirt und 'ne Hose. In den weißen Klamotten fällst du auf wie ein Eisbär unter Elefanten. Und ein vernünftiges Skateboard kriegst du auch. Willst ja Spaß haben, oder? Geh nach hinten und schnapp dir mein altes.«

»Mann, Sunny, wie soll ich das bloß alles wiedergutmachen?«

»Rette die Welt und dann machen wir 'ne Party. Du findest mich in Riverano. Wenn ich nicht gerade mal wieder auf Tour bin. Ach ja, deinen Bausatz kannst du mir dalassen. Ich werde ihn ehrenvoll zum Transportieren einsetzen.«

Sunny fuhr durch die Hauptstraße und erreichte bald die Skater-Arena. Er stoppte den Wagen ein paar Meter hinter dem Eingang. »Also, mach's besser, kleiner Irrer. Vielleicht sehen wir uns nachher? Ich zeig dir ein paar Sprünge, die hast du noch nicht gesehen! Aber erst mal suche ich einen Abstellplatz für meine Karre.«

Peter kletterte auf die Straße. »Klar! Und tausend Dank!«

Fast ein wenig wehmütig sah er dem davonfahrenden Wohnmobil nach. Das waren die besten Stunden gewesen, die er seit dem Morgen erlebt hatte. Peter drehte sich um, ließ den Skaterpark rechts liegen und machte sich auf zum Hafen. In Sunnys Kleidern fühlte er sich einigermaßen sicher, vielleicht lag es daran, dass sie verwaschen, zerfranst und ein paar Nummern zu groß waren.

Trotzdem ließ er die Umgebung nicht aus den Augen. Aus allen Richtungen trafen Skater ein, denn das Treffen sollte in Kürze beginnen. Unter ihnen fiel ihm auch ein dunkelhaariger Junge in seinem Alter auf, aber nicht, weil er irgendwie ungewöhnlich gewesen wäre, sondern wegen seiner Begleitung, einer erwachsenen

Frau. Welcher Skater brachte schon seine Mutter auf ein Treffen mit? Aber dafür war sie eigentlich auch wieder zu jung.

Peter fiel auf, dass die Frau einen Clip im Ohr trug. Eine Agentin? Er versuchte, sich zu beruhigen. Wahrscheinlich sah er schon Gespenster. Plötzlich fühlte er, wie sich ein Arm auf seine Schulter legte und er einfach seitlich weggedrückt wurde. Peter stöhnte auf. Es war alles vergebens gewesen. Sie hatten ihn erwischt!

Bevor Peter auch nur reagieren konnte, fand er sich in einem Parkweg wieder. Immer noch hatte er nicht sehen können, wer ihn entführt hatte. Sein linker Arm war auf den Rücken gedreht und Peter wurde einige Meter weit in den Stadtgarten gestoßen. Mit dem anderen Arm klammerte er nach wie vor sein Skateboard, und der Stick mit den Daten steckte schutzlos in seiner Hosentasche. Dann lockerte der Mann den Griff. Mit einem Ruck konnte sich Peter ein wenig befreien und sich wenigstens umdrehen.

»Bert Young!«, rief er erstaunt. Einerseits war er erleichtert, dass ihn weder die amerikanischen noch die russischen Männer entdeckt hatten, andererseits hatte das Auftauchen von Bert Young bestimmt auch nichts Gutes zu bedeuten.

»Leise, Peter! Ja, so sehen wir uns wieder. Ich könnte mir auch eine schönere Gelegenheit vorstellen!« Young schob Peter in ein nahe gelegenes Gebüsch. »Was tust du hier?«

»Ich wohne hier, Mr Young!«

»Die Amerikaner haben dich engagiert, stimmt's? Du hast für sie das Treffen in der Bucht beobachtet!«

Einen Moment lang war Peter einfach sprachlos. »Aber das ist doch gar nicht wahr! Ich glaube, ich werde noch verrückt! Mr Young, Sie behaupten, dass ich für die Amerikaner spioniere. Und die Amerikaner sagen, ich arbeite für Sie, wie damals bei *Silver Spider.* So ein Blödsinn! Ihr seid doch alle verrückt! In Wirklichkeit will ich nichts als auf das verdammte Skatertreffen! Ich bin da einfach nur hineingeraten. Von all diesen Sachen hatte ich bis heute gar keine Ahnung! In der Bucht habe ich nichts anderes getan als ein paar blöde Möwen fotografiert! Für den Biologieunterricht. Nur glaubt mir das keiner!«

Bert Young sah ihn einen Moment lang ernst an. »Doch, ich glaube dir, Peter.«

»Blake hat mir erzählt, dass Sie nicht mehr bei ihnen sind!«

»So, Blake hat dich also verhört. Es stimmt, Peter. Ich will ehrlich zu dir sein, und ich hoffe, du bist es auch zu mir. Schließlich haben wir sehr gut zusammengearbeitet, damals. Danach hatte ich einige Aufträge zu erledigen, die mir nicht gefallen haben. Seitdem habe ich mich aus der Geheimdienstarbeit zurückgezogen. Hin und wieder helfe ich trotzdem bei einer Bitte aus, aber nur, wenn es mir auch richtig erscheint.«

»Im Moment arbeiten Sie für das europäische Land?«

»Du bist ja gut informiert, Peter. Es stimmt. Ich habe die Verbindung nie aufgegeben. Ich soll ein Treffen in der Gegend überwachen und sehen, ob alles mit rechten Dingen zugeht.«

Peter lachte bitter. »Ich weiß. *Oktopus.* Es geht um Bodenschätze in einem Niemandsland. Da bin ich mittlerweile Experte, ohne es je vorgehabt zu haben. Ich kann ihnen sagen: Die Amerikaner haben die Daten gefälscht, die Russen wollen sie fälschen, und wahrscheinlich wollen ihre Europäer das ebenso!«

Bert Young lachte. »Wenn sie könnten, würden sie das wohl tun, Peter, aber sie sind nicht nahe genug an dem Thema dran. Sie wären schon froh, wenn alles ehrlich bliebe.«

»Das können Sie vergessen!« Peter fragte sich, ob er Young wirklich noch vertrauen konnte. »Ihre ehemaligen Kollegen haben den Mann, der heute Abend die Daten an die Wissenschaftler übergeben soll, vollkommen abgeschirmt. Sie haben ihm eine gefälschte Kopie untergeschoben, und wahrscheinlich haben die Russen genau das Gleiche versucht, denn es gibt bei den Amerikanern eine undichte Stelle, einen Doppelagenten. Diese Person hat sich in der Bucht mit den Russen getroffen, aber der Einzige, der das als Zeuge mitbekommen hat, bin ich. Als ich die Möwen fotografieren wollte. Alle anderen kamen zu spät und haben nur noch gesehen, wie ich über die Felsen abgehauen bin. Nicht um zu fliehen, sondern um meine Freundin Kelly zu treffen. Und jetzt sind alle scharf auf meine Bilder.«

»Und wo sind deine Fotos?«, fragte Young.

»Geklaut«, sagte Peter. »Ich war so blöd, mir im Hafencafé die Kamera stehlen zu lassen.« Er fasste sich in die Hosentasche. Der Datenstick war noch da. Sollte er Young davon erzählen? Inzwischen war Peter vorsichtig geworden. Andererseits hatte Young ja ein Interesse daran, dass die Wissenschaftler die richtigen Daten bekommen würden.

»Was ist, wenn ich die Originaldaten besorgen könnte?«, fragte Peter.

Mr Young glaubte sich verhört zu haben. »Wie bitte? Du?«

»Nehmen wir es nur einmal an. Wie könnte ich sie unbemerkt dem Mitarbeiter zukommen lassen?«

»Das Gebäude ist abgeschirmt. Es gibt nur eine Möglichkeit: sein Sohn. Ich habe bereits daran gedacht, ihn anzusprechen und über ihn seinen Vater vor den Fälschungen der Daten zu warnen.«

»Der Junge ist hier?«

»Du hast dich eben nach ihm umgedreht. Der schwarzhaarige Skater, der mit der Frau unterwegs ist. Francesco heißt er.« Peter erinnerte sich. »Der Junge bei der Frau mit dem Ohrclip?«

»Ja. Sie ist eine ehemalige Kollegin von mir, die Francesco bewacht. Es ist also schwer, an ihn heranzukommen.«

»Wieso hat der Beamte seinen Sohn mitgebracht?«

»Eine reine Privatangelegenheit. Er wollte auf das Skatertreffen und durfte mit seinem Vater mitfahren. Peter, wenn du irgendetwas weißt, weihe mich ein! Lass mich das machen! Du hast bereits genug Ärger gehabt!«

Bert Young hatte recht, und für einen Moment geriet Peter in Versuchung, ihm die Daten in die Hand zu drücken und die ganze Sache zu vergessen. Doch dann überwog seine Wut. Oder war es sein sportlicher Ehrgeiz? Er wollte das Ding zu Ende bringen. Vor allem aber: Sosehr er Young einmal gemocht hatte, konnte er ihm wirklich trauen? Es gab nur zwei Personen, denen er bedingungslos vertraute, und die hießen Justus und Bob. »Mr Young«, sagte Peter, »ich werde versuchen, Ihnen zu helfen. Vielmehr, ich möchte, dass keine der ganzen Täuschungen gelingt und am Ende die richtigen Daten übergeben werden. Ich suche jetzt meine Freunde, Mr Young, denn Sie haben mich auf eine Idee gebracht. Aber vielleicht brauchen wir Ihre Hilfe, damit es klappt. Bleiben Sie deshalb bei der Skater-Arena. Bitte lassen Sie mich gehen!«

Bert Young sah Peter lange an. Dann sagte er nur zwei Worte: »Okay. Verschwinde.«

Peter lächelte ihn dankbar an und lief über den Rasen. Als er den geteerten Weg erreichte, setzte er sein neues Board ab und rollte zum Hafen. Dort gab es eine Telefonzelle, von der aus er versuchen konnte, Justus zu erreichen. Dann fiel ihm ein, dass er ja überhaupt kein Geld bei sich hatte. Alle seine Sachen hatte man ihm bei seiner Festnahme abgenommen. Also musste er jemanden um Hilfe bitten. Aber wie? Das Hafencafé war zu gefährlich. Dort konnte er leicht seinen Verfolgern über den Weg laufen. Er musste zu Rubbish George! George hatte sein Boot hier. Er würde bestimmt weiterwissen!

Bis zum Liegeplatz des Schiffes war es nicht weit, und kurze Zeit später sprang Peter an Deck.

Das Boot machte einen kräftigen Satz.

»Versteckt euch!«, rief Justus. »Da ist doch gerade jemand aufs Schiff gesprungen! Wenn das die Agenten sind!« Mit einem Handgriff hatte er die Kamera ausgeschaltet und in eine Schublade geschoben. Bob war sofort aufgesprungen. Nur Rubbish George saß nach wie vor seelenruhig da.

»Schnell, Rubbish!«, drängte Justus.

»Ihr meint wohl, ich habe mein Schiff nicht im Blick?«, sagte George. »Holt lieber noch einen Pott Kaffee! Den brauchen wir jetzt nämlich!«

In dem Moment wurde die Tür aufgerissen.

»Peter!«

»Justus! Bob!«

»Hallo«, fügte Rubbish George bescheiden hinzu.

Es war ein erlösendes Wiedersehen, ein Moment voller Freude. Im Schnelldurchgang erzählten Peter, Bob und Justus, was sie erlebt hatten. Nun setzten sich die Puzzleteile zu einem Bild zusammen.

»Mein Besuch in der Bucht hat letztlich alles ausgelöst«, schloss Peter. »Dort muss ein geheimes Treffen zwischen den russischen Agenten und einem amerikanischen Verräter stattgefunden haben. Wahrscheinlich ging es um eine weitere Datenfälschung. Aber ich war der Einzige, der es beobachtet hat, und alle, die mich sahen, dachten, ich würde es für eine andere der beteiligten Seiten tun. Dabei habe ich überhaupt nicht auf den Strand geachtet. Zu schade, dass wir die Bilder nicht haben. Auf einigen von ihnen müsste etwas zu erkennen sein.«

»Wir haben die Kamera zwar gefunden, aber nicht mitgenommen«, sagte Justus.

Peter starrte ihn an.

»Aber wir haben den Chip!«, frohlockte Bob.

Der Skaterplan

So sehr ihn diese Mitteilung freute, am glücklichsten war Peter darüber, wieder bei seinen Freunden zu sein. Justus holte die Kamera hervor, die Rubbish George besorgt hatte, und sie beugten sich nun endlich wieder zu dritt über das Display.

Um es ein wenig spannender zu machen, zeigte Justus zunächst die Möwenbilder, die trotz Peters Eile hervorragend gelungen waren. Dann vergrößerte er die Szene am Strand.

»Die Person kenne ich!«, rief Peter überrascht. »Sieh an, der Verräter bei den Amerikanern ist also kein Mann, sondern eine Frau! Sie bewacht Francesco, den Sohn des Beamten, der die Daten an die Wissenschaftler übergeben soll!«

»Ach, deswegen war auch Bert Young dauernd in der Nähe«, sagte Justus. »Mir sind die beiden nämlich auch aufgefallen!«

»Francesco, Young, Verräterin … Ich hole uns erst mal was zu knabbern«, brummte Rubbish George und stand auf. »Chips?«

»Klar!«, riefen die drei ???.

Peter dachte weiter über ihre neueste Entdeckung nach. »Das muss bedeuten, dass Francescos Vater inzwischen eine russische Datenfälschung besitzt. Die

Doppelagentin hat den Sohn als Boten benutzt. Kannst du die anderen Bilder noch mal zeigen?«

Justus klickte weiter. Auf einem schien es, als würde die Frau einen Datenstick entgegennehmen, wie Peter ihn hatte. Genau konnte man es allerdings nicht erkennen, dafür war die Entfernung zu groß.

»Wir können unser Wissen Blake verraten, aber er würde die Daten nur durch die amerikanische Version ersetzen«, sagte Peter. »Außerdem haben die Kerle auf mich geschossen, auch wenn sie mich wohl nur an der Flucht hindern wollten. Nein, ich möchte, dass heute Abend die Originaldaten an die Wissenschaftler ausgegeben werden! Wir sind die drei ???. Wir stehen für die Wahrheit!«

»Und wie sollen wir das anstellen?«, fragte Bob.

»Mit einem guten Plan natürlich«, sagte Rubbish George. »Ich finde auch, diesem Agentenpack müssen wir es zeigen!«

»Ja, schon, Rubbish«, sagte Bob, »nur ist Francesco leider abgeschirmt und sein Vater auch. Und diese Burganlage in den Bergen können wir unmöglich stürmen.«

»Aber wir kommen trotzdem an den Jungen ran«, sagte Peter. »Zumindest ich kann es. Beim Skaten! Ich fahre einfach zu ihm und … irgendwas wird mir dann schon einfallen!«

»Wobei du bekannt bist wie ein bunter Hund«, wandte Justus ein. »Jetzt, wo du mit den echten Daten abgehauen bist, wird es hier vor aufgescheuchten Blakes und Russen nur so wimmeln. Da hilft dir auch kein Schlabber-T-Shirt aus dem Hause Sunny.«

Rubbish George lachte. »Da hast du recht, Justus. Aber ich habe eine Idee.«

Die drei ??? sahen ihn an.

»Wir machen einen Penner aus Peter. Einen richtigen Stadtstreicherjungen. Dann erkennt ihn niemand. Ich habe das mal in einem Agentenroman gelesen.« Rubbish George sah die drei ??? erwartungsvoll an.

»Cool«, sagte Bob.

Und Justus ergänzte: »Peter als Penner. Könnte funktionieren.«

Nur der Zweite Detektiv war noch nicht ganz überzeugt. »So richtig mit Dreck und Gestank?«, fragte er.

Rubbish George nickte. »Klar doch. Wenn schon – denn schon! Am besten, wir schmeißen dich erst mal ins Meer. Das verklebt so richtig schön die Haare! Zur Not schneide ich sie dir auch ein wenig nach. Dann gebe ich dir noch ein löchriges Hemd, und ich habe auch noch eine Bräunungscreme, mit der wir dir die Haut schmutzig machen. Das bekomme ich schon hin!«

Rubbish George stand auf und wühlte in seinen Schätzen, die er im Laufe der Zeit auf den Straßen gefunden oder aus dem Meer gefischt hatte. Er förderte eine verbogene Brille zutage, einige aufklebbare Tattoos, Plastiktüten und auch ein Paar gammelige Turnschuhe. Etwas widerwillig ergab sich Peter seinem Schicksal. Einen besseren Plan hatte er nicht zu bieten, und Justus und George hatten ja recht. Wenn ihn die Männer entdeckten, war alles vergebens.

Kurz darauf hatten selbst Bob und Justus Mühe, ihren

Freund wiederzuerkennen. Seine Haare standen in alle Richtungen ab. Trotz Peters Protest hatte George zudem ein paar Löcher in die Frisur geschnitten. Die Brille veränderte sein Gesicht, und die Tattoos auf den verdreckten Armen sahen aus, als hätte sich ein verrückter Tätowierer an Peter ausgetobt. Und wenn man die Augen schloss, roch Peter nach fauligem Hafenwasser. Es war heiß, er schwitzte und die verklebte Haut würde ein Übriges tun.

Zufrieden betrachtete Rubbish George sein Werk. »Ich bin doch immer noch ein Experte«, sagte er und grinste.

»Schön, dass ich euch gefalle«, bemerkte Peter. »Aber nun lasst uns alles weiterbesprechen. Der nächste Punkt der Planung heißt Ablenkung. Trotz meiner Verkleidung dürfen wir nicht gemeinsam auftreten. Aber so, wie ich stinke, ergibt sich das schon fast von allein, oder?«

Zum Spaß hielt sich Bob die Nase zu und sagte dabei: »Guter Vorschlag, Peter!«

Schmunzelnd gab Justus Peter den Datenstick zurück, den er während Peters Bad im Meer aufbewahrt hatte. »Und wie willst du Francesco die Daten übergeben?«

»Das Skatertreffen geht bald los. Francesco ist bereits dort. Vorher werden die Leute noch ein wenig herumfahren und sich ein paar Tricks zeigen, dann beginnt der Contest, und zum Abschluss wird Jack ›T‹ Zack über die Schulbusse springen. Ich denke, wir machen es, bevor das Programm startet. Nicht, dass uns Francesco noch durch die Lappen geht, weil er nach Hause muss oder so. Ihr geht vor und checkt die Lage. Und sucht dabei auch gleich Bert Young!«

»Warum?«, fragte Bob. »Er hat doch seine eigenen Interessen.«

»Die sich in dem Fall aber mit unseren decken. Ich komme etwas später nach. Auf ein Zeichen von mir schickt ihr Young zu Francescos Aufpasserin. Er soll sie ablenken, so richtig beschäftigen. Am besten, ihr steckt ihm, dass sie die Doppelagentin ist. So wird er ihre Aufmerksamkeit komplett von Francesco abziehen. Und ihr beiden kümmert euch um alle anderen Agenten, die ihr entdeckt. Vielleicht erzählt ihr denen auch, wer in der Bucht war, denn das wird sie alle brennend interessieren, jeden auf seine Art. Ich suche dann einen günstigen Moment aus, fahre zu Francesco und remple ihn an. Nach außen hin sieht es so aus, als hätte irgendein Stümper den jungen umgefahren. Hoffentlich reicht dann die Zeit, ihm alles zu erklären.«

Bob war von Peters Plan beeindruckt. »So löst du also einen Fall, Peter: durch Action! Bei Justus muss man immer so viel mitdenken …«

»Jedem das Seine«, sagte Justus. »Zum Glück gibt es solche und solche Geschichten. Und außerdem hat Peter ebenfalls nachgedacht.«

Rubbish George bestätigte: »Das will ich meinen! – Jungs, ich helfe euch! Ihr müsst mir nur sagen, wen ich vollquatschen soll.«

»Danke, George«, sagte Peter.

Der Wettbewerb begann bald und es wurde Zeit. Justus, Bob und Rubbish George machten sich auf den Weg. Peter blieb ein paar Minuten auf dem Boot und ging seinen Plan im Kopf noch einmal ganz genau durch. Dann schnappte er sich die kleine Kamera, steckte den Datenstick in die Seitentasche seiner zerfledderten Hose und sprang an Land.

Die Party beginnt

Wie gut ihn Rubbish George als Stadtstreicherjungen ausstaffiert hatte, zeigte sich bereits auf dem Hafengelände. Viele Leute machten einen Bogen um Peter. In manchen Augen las er Mitleid, wie so ein junger Mann dermaßen herunterkommen konnte. Andere Menschen sahen ihn geringschätzig an, als wäre er kein Mensch mehr, nicht mal ein Tier, und bei wieder anderen spürte er deutlich, dass er für sie einfach nur Luft war. Er gelangte zur Straße und aus einer Gruppe von Männern rief ihm jemand zu, ob er für einen Dollar bereit sei, auf sein Skateboard zu steigen und eine kleine Vorstellung zu geben. Da er Justus und Bob noch ein wenig Vorsprung geben wollte, spielte Peter das Spiel mit, doch als er ein paar Sprünge zeigte, erntete er spöttische Kommentare wie: »Na, Leute? Was ist das? Es lebt auf einem Skateboard und stinkt?« Den versprochenen Dollar leckte der Mann an und pappte ihn auf ein langsam vorbeifahrendes Auto, dessen Fahrer wohl gerade einen Parkplatz suchte. »Hol ihn dir doch, Stinker!«

Peter spuckte aus und drehte sich um. Als Stadtstreicher hatte man kein einfaches Leben!

Aber immerhin bewies die blöde Reaktion der Leute, dass die Verkleidung wirkte.

Er stieg auf sein Board und stieß sich ab. Wenige Minuten später näherte er sich dem Skatergelände und versuchte, sich einen Überblick zu verschaffen. Die Rampe, mit der Jack »T« Zack später die beiden Busse überspringen wollte, wirkte grandios. Davor hatte man ein weites Fahrfeld mit verschiedenen Aufbauten errichtet, das noch bis zum Beginn der Veranstaltung für alle freigegeben war. Die Leute standen herum und unterhielten sich oder fuhren ein paar Tricks zu der Hip-Hop-Musik, die aus mehreren riesigen Lautsprechern drang.

Das Ereignis hatte viele Menschen angelockt. Skater, aber auch andere Neugierige strömten herbei. Peter entdeckte Bert Young, der sich etwas im Hintergrund hielt und gerade in seine Richtung blickte. Ein erster Test – und tatsächlich schweifte Youngs Blick über ihn hinweg, offenbar hatte er Peter nicht erkannt. Etwas weiter am Rand des Rollfeldes standen Justus und Bob. Sie hatten die Doppelagentin entdeckt, die Francesco beschützte, und sich zunächst in ihre Nähe begeben. Also war Francesco nach wie vor da, stellte Peter erleichtert fest. Kurze Zeit später sah er den Jungen. Er sprang gerade über ein Flatrail.

Peter blieb erst einmal unter den Zuschauern und tat, als checke er den Veranstaltungsort. Ein paar Umherstehende gingen naserümpfend auf Abstand, anderen Skatern wiederum war es egal, wer da neben ihnen stand. Blake und Amoroso schienen nicht vor Ort zu sein. Auch von Rubbish George fehlte seltsamerweise jede Spur.

Peter beschloss, eine kurze Runde auf dem Skateboard zu machen und die Anlage zu erkunden. Er stellte sein Brett zurecht und mischte sich unter die Fahrer. Gerade tauchte Francesco wieder auf. Mit ein paar Schritten rollte Peter in seine Nähe und blickte sich um. Justus und Bob standen auf ihrem Posten. Eigentlich war die Gelegenheit jetzt günstig.

Hoffentlich hatten Justus und Bob ihn nicht aus den Augen verloren. Peter suchte ihren Blickkontakt, und als er sicher war, dass sie ihn sahen, rieb sich Peter an der Nase. Das hatten sie als Zeichen ausgemacht. Die beiden nickten unmerklich.

Er beobachtete, wie sich seine Freunde gleich darauf den Weg zu Bert Young bahnten. Young hatte sie natürlich längst erkannt, war aber auf Abstand geblieben. Als Justus und Bob ihren ehemaligen Auftraggeber erreicht hatten, sprachen sie ihn an. Young hörte ihnen zu.

Kurze Zeit später eilte Young zu der amerikanischen Doppelagentin, die nach wie vor Francesco nicht aus den Augen ließ. Sie bemerkte Young nicht. Erst als er ihr auf die Schulter klopfte, schrak sie auf. Young sagte irgendetwas. Sie schien irritiert, blickte sich unsicher um und schüttelte dann abwehrend den Kopf. Young setzte nach und ein heftiger Wortwechsel brach aus. Justus und Bob hielten sich etwas im Hintergrund und beobachteten die Szene, bereit einzugreifen, falls die Agentin sich wieder auf Francesco konzentrierte.

Jetzt!, dachte Peter. Ein paar Schritte Anlauf, Francesco rammen und ihm in den kurzen Worten, die Peter sich zurechtgelegt hatte, die Lage erklären, um ihm dann die Daten zu übergeben. Gut verborgen waren sie in seiner Hosentasche, wie sich Peter fast alle dreißig Sekunden durch einen nervösen Kontrollgriff versicherte. Viel Zeit hatte er nicht. Er sprang auf sein Board.

Doch im letzten Augenblick stoppte er. Blake und Amoroso! Sie waren doch da! Rücksichtslos bahnten sie sich einen Weg durch die Zuschauer. Ihr Ziel war jedoch nicht Peter, sie wollten zu ihrer Agentin, die sich jetzt heftig mit Bert Young stritt. Auch gut, dachte Peter, dann sind sie abgelenkt. Weiter im Plan!

Aber kurz bevor die beiden Männer Bert Young und die Frau erreichten, rief Blake Amoroso etwas zu und blieb stehen. Jetzt eilte nur noch Amoroso weiter, er sollte den Job wohl allein erledigen. Blakes Augen hingegen suchten Francesco. Schon hatte er ihn entdeckt.

Blake ist zu schlau, dachte Peter. Mist.

Als er fieberhaft überlegte, was er jetzt tun sollte, schlug ihm jemand mit der Hand auf den Rücken. Peter wurden die Beine weich. War nun alles vorbei? Doch da vernahm er eine Stimme, die ihm sehr bekannt war: »Hey, Skaterpunk, wo hast du dein Brett her? Das gehörte mal mir!«

Sunny! Peter fuhr herum. Es war der Hippie aus dem Wohnmobil.

Vor Erleichterung wollte er Sunny schon um den Hals fallen, doch aus dem Gewusel von Haaren starrten Sunnys Augen Peter dermaßen gereizt an, wie er es sich bei dem freundlichen Kerl kaum hätte vorstellen können. »Das Board hat dir so ein Typ geschenkt, oder?«

Peter wurde klar: Sunny erkannte ihn nicht!

Als Antwort auf Sunnys Frage schüttelte er den Kopf.

»Du hast es ihm geklaut, sag schon!« Doch plötzlich entspannten sich Sunnys Gesichtszüge: »Hey, hey, kleiner Irrer, du bist es! Du hast dich ja geil verkleidet!«

Auf Peters Gesicht erschien ein Grinsen. »Dein Brett ist super, Sunny. Fast besser als meine Holzkonstruktion!«

Sunny starrte ihn immer noch an, als wäre Peter vom Himmel gefallen. »Mannomann, ich hätte dich fast nicht erkannt. Aber du bist ja auf der Flucht, ich weiß, da muss man sich was einfallen lassen … Und ein neues Parfüm hast du auch aufgelegt.« Er tat so, als müsse er sich die Nase zuhalten, dann lachte er. »Aber fein, dass du da bist! Komm, jetzt zeig mir mal, ob du mich alten Opa abhängen kannst!«

Plötzlich kam Peter eine Idee. »Wir können gleich fahren, solange wir Lust haben, Sunny, aber vorher könntest du mir bei etwas Wichtigem helfen.«

Sunny stieg vom Brett. »Immer doch! Was ist dein Problem?«

»Da ist ein Agent. Er darf mich nicht erkennen. Und ich muss doch die geheimen Daten übergeben. Bitte lenke ihn von mir ab.«

Sunny legte den Kopf schief. »Wow! Bist du immer noch dabei, die Welt zu retten? Sag mir, wo der Typ ist! Ich mach ihn fertig!«

»Langsam«, sagte Peter. Sunny nahm seine Geschichte offenbar nicht ernst und dachte immer noch, er werde von Mitarbeitern aus der Psychiatrie verfolgt.

Aber letztlich war das egal, Hauptsache, Sunny half ihm. »Sunny, dreh dich unauffällig um. Er steht am Ende des Bretterzauns. Der Typ im Jackett, er heißt Blake. Er sucht mich. Er will auf Teufel komm raus die Daten zurück!«

Sunny klopfte ihm auf die Schulter. »Bleib locker, kleiner Irrer. Das geht klar. Wie lange brauchst du für die Übergabe?«

»Drei Minuten?«

»Okay. Ich laber ihm komplett das Gehirn raus.«

»Das wird nicht reichen, Sunny. Und so ein Agent kennt eine Menge Kampftechniken.«

»Wie die Pfleger aus der Psychiatrie?«, fragte Sunny und sprach grinsend weiter: »Kein Problem. Ich habe früher Kung-Fu-Filme geschaut. Er hat keine Chance! – Jetzt?«

Peter prüfte den Inhalt seiner Hosentaschen. Der Datenstick war da. Auch die kleine Digitalkamera hatte er sich eingesteckt. Peter nickte.

Sunny sprang auf sein Brett und rollte auf Blake zu. Peter kontrollierte schnell, wo Francesco war. Gerade sauste er von einer Rampe und geriet aus dem direkten Blick der Zuschauer.

In dem Moment hatte Sunny Blake erreicht. Er prallte so rüde auf ihn, dass sich der sichtlich überraschte Blake auf der Straße liegend wiederfand. Wütend rappelte er sich hoch und nahm Sunny ins Visier.

Jetzt galt es! Peter sprang auf sein Brett.

Showdown

Die Uhr tickte. Peter musste sich beeilen. Francesco befand sich immer noch hinter dem Aufbau und überprüfte inzwischen die Räder seines Boards. Zum Glück war der Junge nach wie vor allein. So schnell es ging, fuhr Peter auf ihn zu und sprang erst kurz vor ihm vom Board. Der Junge sah auf. »Hi, Francesco! Bitte wundere dich nicht, woher ich deinen Namen kenne. Ich bin Peter. Bitte hör mir zu. Es ist wichtig! Und wir haben nur wenige Sekunden Zeit!«

Im ersten Moment war Francesco zurückgewichen, doch als Peter seinen Namen nannte, blieb er irritiert stehen. »Was soll das? Wer bist du?«

»Ich weiß, dass dein Vater geheime Daten an Wissenschaftler übergibt. Operation *Oktopus.* Durch einen Zufall bin ich in die Geschichte hineingeraten. Jetzt verfolgen mich alle möglichen Geheimdienste. Darum habe ich mich auch mit diesen Klamotten getarnt. Die Amerikaner haben die Daten gefälscht. Und deine amerikanische Aufpasserin dahinten ist eine Doppelagentin und will sie durch gefälschtes russisches Material ersetzen. Ich habe die echten Daten gerettet.«

»Woher weißt du das?«

»Was?«

»Das mit Angie. Sie ist meine Begleiterin.«

»Ich habe sie am Strand beobachtet, als ich seltene Möwen fotografieren wollte.« Peter zückte die kleine Digitalkamera, die ihm Rubbish George mitgegeben hatte, und schaltete auf Wiedergabe. »Schau, da trifft sie sich mit den Russen.«

Während Francesco das Foto betrachtete, blickte sich Peter um. Noch war ihm niemand auf der Spur. »Kannst du deinem Vater die echten Daten geben? Ich habe sie den Amerikanern nach einem Verhör entwendet.«

»Wieso soll ich dir glauben?«

Peter sah Francesco an. »Sie haben mich geschnappt, weil sie dachten, ich hätte das Geheimtreffen fotografiert und nicht die Möwen. Vertrau mir, bitte! Ich bin ein ganz normaler Junge. Wie du. Ein Skater. Mehr Beweise habe ich nicht.«

Francesco sah ihn an.

»Wir müssen uns beeilen«, sagte Peter. »Wenn du gleich hinter der Rampe hervorfährst, wirst du sie sehen. Hier wimmelt es von Agenten. Und bitte besuche mich, wenn alles vorbei ist. Dann erzähle ich dir alles. Du findest mich in Rocky Beach auf Titus Jonas' Schrottplatz. Dort bin ich fast immer. Zusammen mit meinen Freunden.«

»Okay. Gib mir die Daten!«

Peter sah sich noch einmal um, schob dann entschlossen die Hand in die Tasche und griff den Stick. »Da sind sie!«

»Danke. Ich werde dich besuchen!«

»Viel Glück, Francesco. Und sag niemandem etwas, außer deinem Vater.« Peter wollte sich abwenden, doch Francesco hielt ihn zurück. »Hier, steck das ein.« Auch er drückte Peter einen Glasquader mit einem Datenstick in die Hand, der dem anderen auf das Haar glich. »Es ist der Stick, den ich eben von Angie bekommen habe. Ich soll ihn meinem Vater unterschmuggeln. Sie hat mir übrigens so etwas Ähnliches erzählt wie du. Aber ich glaube dir.« Ohne ein weiteres Wort wendete sich Francesco ab und sprang auf sein Skateboard.

Peter steckte den Stick in die Tasche und sah Francesco nach, der ganz cool, als wäre nichts geschehen, mit ein paar Stößen auf den Boden seinem Skateboard Geschwindigkeit gab und dann zu einem Sprung ansetzte.

Als Francesco aus seinem Blickfeld verschwunden war, stieg auch Peter auf sein Board und fuhr in die andere Richtung. Wenig später entdeckte er Justus und Bob und stoppte.

Die beiden waren in ein munteres Handgemenge mit Amoroso, Young und Angie verstrickt. Amoroso versuchte Angie wegzuzerren, doch Justus, Bob und Young hielten sie umklammert. Da glitt Peters Blick ein paar Meter weiter. Dort krümmte sich ein Mann vor Schmerzen am Boden. »Sunny!« Sofort rollte Peter zu ihm hin. »Bist du verletzt? Was ist passiert?«

»Hey, kleiner Irrer! Ist nicht so schlimm. Ein alter Skater hält viel aus. Komm, hilf mir mal auf die Beine.«

Der Hippie ließ sich von Peter hochziehen und hielt

sich dann die rechte Schulter: »Na, Peter, hat sich mein todesmutiger Einsatz wenigstens gelohnt?«, grunzte er.

Peter nickte. »Optimal. Du bist ein Held, Sunny! Was hat Blake mit dir gemacht? Und wo ist er überhaupt?«

»Ich glaube, er hat leider ein paar Kung-Fu-Filme mehr gesehen als ich«, stöhnte Sunny. »Oder aber er ist gut trainiert! Wir haben uns ein wenig gebalgt. Dann wollte er sich losreißen, weil er jemanden gesucht hat, aber ich habe mich an ihn geklammert, bis ich nicht mehr konnte. Schließlich geht es hier um die Rettung der Welt. Oder?«

»Nicht ganz«, sagte Peter. »Sie streiten um ein riesiges Methanhydratvorkommen.«

Einen Moment lang sah ihn Sunny zweifelnd an. Dann sagte er: »Bei dir weiß man wirklich nicht, was man dir glauben kann.«

Justus und Bob hatten von alledem nichts mitbekommen. Amoroso wollte die Frau in Sicherheit bringen, doch die beiden Fragezeichen und Young hielten dagegen. Es dauerte nicht lang, da hatte Amoroso die Oberhand gewonnen. »Young, was soll der Mist?«, rief er und zog die Frau endgültig auf seine Seite. »Lass Angie in Ruhe. Und ihr Jungs verschwindet!«

Young wollte etwas sagen, aber Justus bedeutete ihm mit einem Zeichen zu schweigen. Falls Peter seinen Auftrag erledigt hatte, bestand kein Grund, die Information, dass Angie ein falsches Spiel spielte, weiterzugeben. Es würde die Übergabe der Daten durch Francesco nur erschweren. »Mr Young hatte noch eine alte Rechnung mit der Lady offen«, sagte Justus. »Er hat uns gebeten, ihm dabei zu helfen. Aber ich glaube, wir sind jetzt alle quitt, oder?«

Bert Young sah ihn einen Moment lang irritiert an, dann nickte er. »Klar. Gehen wir, Jungs!«

»Young, du hörst noch von uns!«, drohte Amoroso und schob Angie aus dem Zuschauerkreis von Neugierigen heraus, der sich um sie gebildet hatte.

Justus blickte sich nach Peter um und sah mit Entsetzen, dass ein Mann mit Jackett auf ihn zurannte. Das musste Blake sein! Blake schien Peter trotz Verkleidung erkannt zu haben. Und es sah aus, als ob er eine Stinkwut auf Peter hatte.

»Peter!«, rief Justus schnell. »Verschwinde!«

Doch Peter hörte Justus nicht. Vielleicht lag es am Grundrauschen der vielen Boards, die über den Beton kratzten, oder an dem Lärm der Zuschauer, jedenfalls unterhielt sich Peter seelenruhig mit einem langhaarigen Typ. Da sah Justus, dass noch ein Mann zu Peter eilte: Es war Inspektor Cotta, der Rubbish George im Schlepptau hatte. Blake hatte Cotta ebenfalls bemerkt und erhöhte sein Tempo.

Doch der Inspektor hatte den Agenten im Blick. Er war zwar um einiges älter als er, doch gut trainiert. Und so leicht wollte Cotta sich nicht geschlagen geben. Auch er legte im Tempo noch einmal zu. Sein Vorsprung war knapp, aber es reichte, um Peter zuzurufen: »Peter! Hau ab!«

Peter schrak herum. »Inspektor Cotta!«, sagte er überrascht.

In dem Moment schoss Blake heran. »Der Mistkerl gehört mir!« Blake wollte sich auf Peter stürzen, doch Cotta fiel ihm in den Arm. »Ich bin Inspektor Cotta, Polizei Rocky Beach. Weisen Sie sich erst einmal aus!«

»Anthony Blake. Sie kennen meine Aufgabe, Inspektor! Peter hat unserem Land geschadet. Überlassen Sie ihn mir!«

»Peter hat nichts als die Wahrheit verteidigt«, sagte Cotta. »Das sollte auch für den amerikanischen Staat ein wichtiges Gut sein!«

Blake schnappte wütend nach Luft. »Nun spielen Sie sich mal nicht auf, Inspektor! Was wissen Sie denn schon! Peter hat uns wichtige Daten gestohlen. Ich muss herausbekommen, in welche Hände sie gelangt sind!«

Ein Lächeln fuhr über Inspektor Cottas Gesicht. »Ach ja? Sie beschuldigen Peter des Diebstahls?« Er wandte sich an Peter und grinste breit: »Peter, ich verhafte dich wegen Verdachts auf Diebstahl. Du hast das Recht, zu schweigen. Alles, was du aussagst, kann und wird vor Gericht gegen dich verwendet werden. Du hast das Recht auf einen Anwalt, und wenn du keinen Anwalt aufbieten kannst, wird dir einer gestellt. – So, nun bist du offiziell in meinem Gewahrsam. Und Sie, Mr Blake, Sie können dann ihre Zeugenaussage im Polizeipräsidium machen. Vielleicht erwähnen Sie dann auch etwas über die genauen Umstände des Diebstahls und berichten, wieso sich Peter überhaupt bei ihnen aufgehalten hat. Ich nehme natürlich an, er ist rein freiwillig mit ihnen gegangen und Sie haben mit Entführung und Nötigung nicht das Geringste zu tun!«

»Sparen Sie sich Ihre Ironie, Sie Provinzinspektor!«, brüllte Blake. »Das werden Sie noch bereuen!«

Peter sah Inspektor Cotta dankbar an und warf dann einen schwer zu deutenden Blick auf den Agenten. »Machen Sie sich doch nicht solche Sorgen, Mr Blake. Ich möchte Ihnen nichts wegnehmen, und schon gar keine wichtigen Daten. Ich weiß auch nicht, warum ich sie bei meiner Flucht mitgenommen habe. Es ging alles so schnell. Eine Kurzschlusshandlung … da! Hier sind sie! Ich gebe sie Ihnen zurück!« Gelassen griff Peter in seine Hosentasche und reichte Blake den Glasquader mit dem Stick. Blake nahm ihn irritiert entgegen.

»Das wär's dann wohl«, sagte Cotta. »Komm, Peter. Deine Freunde warten schon.« Sie ließen den verdutzten Blake stehen und traten den Rückzug an. Blake sah ihnen nach. Kurz darauf entdeckte er Amoroso, der lebhaft mit der Frau diskutierte, und ging zu ihm.

Währenddessen erreichten Cotta und Peter die beiden anderen Fragezeichen, die die Szene aus der Nähe verfolgt hatten. »Hast du Blake eben etwa die Originaldaten gegeben?«, fragte Justus entsetzt. »Hat die Übergabe an Francesco nicht geklappt?«

Peter schmunzelte. »Es ist alles in Ordnung. Ich habe Blake die russische Fälschung untergeschoben. Bis er das merkt, vergehen Tage und Francesco hat seinem Vater schon längst den echten Datenstick überreicht.«

Justus warf einen bewundernden Blick auf seinen Freund. Der wandte sich an Inspektor Cotta. »Eines interessiert mich noch, Inspektor: Woher wussten Sie so gut über alles Bescheid?«

Inspektor Cotta deutete mit der Hand auf Rubbish George, der sich bisher im Hintergrund gehalten hatte. »George hat mir alles berichtet und um Hilfe gebeten. Ich kam gerade von dem Fotoladen in Marina del Rey. Alex, der Zauberer, ist uns entwischt, aber ich kenne da ein paar Detektive, die bestimmt wieder auf einen neuen Fall warten. Vielleicht kann ich sie ja engagieren?« Er lächelte und warf einen Blick in die Runde: »Für dieses Mal haben die vereinten örtlichen Kräfte aus Rocky Beach jedenfalls wunderbar zusammengearbeitet. Ich bin froh, wenn die ganzen Geheimdienstler endlich aus unserer Stadt verschwunden sind und auch Officer Johnsson wieder abgezogen wird. Sie kocht entsetzlichen Kaffee …«

Peter grinste. »Inspektor Cotta, bin ich wirklich offiziell verhaftet oder darf ich eine Runde skaten gehen?«

»Du hast den Stick zurückgegeben. Zudem schien es mir, dass Mr Blake plötzlich von seiner Beschuldigung absehen wollte. Solange du nicht irgendwelchen Agenten in die Arme fährst, habe ich nichts dagegen, Peter!«

Sunny hatte etwas im Hintergrund gestanden, aber staunend alles mitbekommen. Als Peter jetzt mit seinem Skateboard auf ihn zurollte, sagte er: »Jetzt verstehe ich gar nichts mehr, kleiner Irrer. Das war also wirklich eine Agentengeschichte!«

»Sag ich doch«, sagte Peter und wandte sich an alle. »Jetzt schauen wir uns den Sprung von Jack ›T‹ Zack an, und dann verziehen wir uns alle auf den Schrottplatz! Ich sehne mich richtig danach …«

Ein paar Wochen waren vergangen. Justus und Bob saßen mit Tante Mathilda und Onkel Titus auf der Veranda vor ihrem Haus und frühstückten. Das Wetter war vom Feinsten und in Rocky Beach war längst wieder Ruhe eingekehrt. Ohnehin hatte kaum jemand etwas von den geheimen *Oktopus*-Aktivitäten um das Treffen der Wissenschaftler mitbekommen.

Plötzlich sah Onkel Titus von der Zeitung auf. »Methanvorräte unter dem Meer, hattet ihr da nicht vor ein paar Wochen irgendwie mit zu tun?«

Justus richtete sich auf. »Zeig mal her, Onkel Titus!« Er breitete die Zeitung vor sich aus und überflog den Artikel. »Die unabhängigen Wissenschaftler haben die Daten ausgewertet«, berichtete Justus. »Es sieht danach aus, als ob das entsprechende Meeresgebiet auch nach Sichtung der Daten niemandem zugeordnet werden kann. Jetzt streiten sich die Länder darum, ob sie das Ergebnis überhaupt anerkennen werden. Da ist auch ein Bild abgedruckt!« Justus beugte sich über das Blatt. »Der UNO-Beauftragte beim Betreten des Gebäudes in New York. Und ob ihr es glaubt oder nicht, im Hintergrund erkennt man Blake, und auch der Russe ist da, und Young!«

Geräuschvoll stellte Tante Mathilda eine Kanne mit Saft auf den Tisch. »Ach, Titus, bin ich froh, dass diese

Geschichte vorbei ist! Meine Güte, wie Peter damals ausgesehen hat! Allein der Gestank! Zum Glück hat ihn Kelly gleich in die Wanne gesteckt und von unten bis oben abgeschrubbt!«

»Und erst mein Schrottplatz!«, ergänzte Onkel Titus.

Tante Mathilda nickte. »Es hat Wochen gedauert, ihn wieder aufzuräumen. Jetzt endlich ist wieder alles wie früher …« Zufrieden blickte sie hinüber auf einen Berg von Blech, unter dem die Zentrale der Detektive wieder verschwunden war. Doch plötzlich erschütterte ein dumpfes Poltern ihre ausgeglichene Gemütslage. »Mein Gott, die Reifen!«, schrie sie auf.

»Peter!« Justus und Bob sprangen von ihren Stühlen auf und rannten um das Haus. Dort, wo sie Peter beim Schleppen alter Autoreifen vermuteten, entdeckten sie nichts als einen chaotischen Berg schwarzen Gummis. Aufgewirbelte Staubwolken lagen in der Luft. »Peter!«, schrie Justus hustend. »Bist du etwa da drunter? Halte durch, wir retten dich!« Zusammen mit Bob wuchtete er hektisch Reifen um Reifen zur Seite.

»Schön, dass ihr mir endlich helft«, hörten sie plötzlich eine bekannte Stimme von hinten. »Schließlich habe ich den Fall mehr oder weniger allein gelöst!«

Justus und Bob fuhren herum. Peter saß auf einer Regentonne und lachte sich fast kaputt. Es dauerte einen kurzen Moment, bis Justus und Bob in sein Lachen einfielen. »Klar, du kleiner, irrer Skateragent«, sagte Justus liebevoll.